가려

성운을 먹는 자

성운을 먹는 자 4

김재한 퓨전 판타지 소설

초판 1쇄 찍은 날 § 2015년 8월 11일
초판 1쇄 펴낸 날 § 2015년 8월 18일

지은이 § 김재한
펴낸이 § 서경석

편집책임 § 이창진
디자인 § 신현아

펴낸곳 § 도서출판 청어람
등록번호 § 제387-1999-000006호
등록일자 § 1999. 5. 31
어람번호 § 제1-2196호

주소 § 경기도 부천시 원미구 부일로 483번길 40 서경B/D 3F (우) 420-822
전화 § 032-656-4452 팩스 § 032-656-4453
http://www.chungeoram.com
E-mail § chungeorambook@daum.net

ISBN 979-11-04-90358-8 04810
ISBN 979-11-04-90287-1 (세트)

FUSION FANTASTIC STORY

김재한 퓨전 판타지 소설

성운을 먹는 자

일월성신(日月星身)

4

목차

제17장

검존(劍尊)의 무예를 계승한 자

1

황실에 다녀온 후, 형운은 다시 수련으로 가득한 일상으로 돌아갔다. 귀혁이 별의 수호자를 대표해서 황실과 마교에 대한 대책을 논의했고 그 결과를 전했지만 형운 입장에서는 달라질 게 없었다.

하지만 그곳에서 있었던 일이 전해지면서 형운의 평가가 올라간 건 사실이었다. 팔객의 일원인 선검 기영준의 제자, 그것도 성운의 기재인 가신우를 격파했으니 당연했다.

그렇게 반년이 지나 열여섯 살 가을의 끝자락이 되자 형운은 공개 비무에 나설 것을 요구받았다.

"공개 비무라니… 그거 꼭 해야 되나요?"

공개 비무는 별의 수호자 내에서 빈번하게 치러지는 행사였다. 연간 한 번씩 상당히 규모가 큰 비무회가 열리기도 한다.

지금까지 형운이 공개적인 비무 행사에 나가지 않은 것은 배분이 실로 미묘하기 때문이었다. 귀혁의 직계 제자이기 때문에 배분상으로는 별의 수호자 내의 4, 50대의 무인들과 비교해야 할 정도인 것이다.

비무 행사에서는 연령이나 배분에 따라서 조를 나누게 마련이다. 아무리 그래도 스무 살도 안 된 소년을 그런 어른들과 싸워보라고 내보내는 건 위화감이 너무 커서 형운을 내보내지 않아도 아무런 말이 없었다.

하지만 황실에서 있었던 일로 인해 별의 수호자 내에서 형운의 실력을 직접 보고자 하는 목소리가 커졌다. 그래서 가을을 맞이해서 열리는 행사에서 공개 비무를 행하기로 결정되었던 것이다.

귀혁이 말했다.

"귀찮긴 하지만 어쩔 수 없다. 연간 한 번 있는 비무회와는 달리 어느 정도 급수가 있는 부서나 하부 조직의 대표들만 나오니 그렇게 많이 싸우진 않아도 될 게다. 우승까지 한 서너 번쯤?"

"서너 번씩이나! 아니, 그보다 제가 우승할 수 있겠어요? 조직 대표들이 나오는 거면 어른들도 나올 텐데."

"그래봤자 젊은 후기지수들만 내보내기로 해서 20대까지만 나올 게다. 그리고 하령이는 안 나오니 안심하거라."

"아, 그건 정말 다행이군요."

"그렇게 노골적으로 안심해도 좀 곤란하다고 생각한다만……."

"스스로의 주제를 아는 게 무엇보다 중요한 법이잖아요?"

"말이나 못하면."

혀를 끌끌 찬 귀혁이 말했다.

"그리고 여기서 이겨야 일월성단—태양을 받을 수 있다. 그러니 이기고 오너라."

"엥? 그걸 벌써요?"

어째서인지는 모르지만 형운은 일월성단을 먹을 때마다 성존이 기거하는 성몽 속으로 날아갔다. 그 사실을 귀찮아한 성존이 경고를 날리기까지 했는데 채 1년도 안 되어서 또 새로운 일월성단을 취한단 말인가?

귀혁이 말했다.

"나도 원래는 중간에 뭔가 일을 하나 주고 성공시킨 다음 내년 봄쯤에 받아낼까 생각했다만, 네가 황실에서 선검의 제자를 박살 낸 건으로 입지가 아주 좋아져서 말이다. 이 공개 비무에서 이기면 아주 이야기가 쉬워질 게다. 일월성단에 대해서는 기회를 잡기가 어려우니 할 수 있을 때 잡아야지."

"흠, 그렇다면야 최선을 다해볼게요."

귀혁이 이렇게 말하는데 더 약한 모습을 보일 수도 없었다. 게다가 형운도 황실에서 가신우를 꺾은 일로 어느 정도 자신감이 붙었기도 했다.

'뭐, 나도 약하지는 않잖아?'

형운이 약하다면 전국의 후기지수들은 다들 자기가 형편없는 놈이라고 자학해야 할 것이다.

형운이 말했다.

"곡정이가 없는 것도 다행이네요. 그놈 있었으면 좀 골치 아팠을 텐데."

"대신 그 녀석의 사형이 나올 거다만? 다른 오성의 제자들도 나올 거고."

"윽, 그래요?"

하긴 형운이 나가는데 다른 오성의 제자가 안 나오는 것도 이상하다. 형운의 자신감이 급속도로 쪼그라들었다.

"그럼 자신 없는데……."

"어허, 이렇게 자신감이 없어서 어쩌누?"

"자신만만해하기에는 세상이 너무 무서워서… 가려 누나만 해도 저보다 강하잖아요? 오성의 제자이면서 스무 살 넘을 정도면 가려 누나보다 더 강한 사람도 있을 테고."

"흠."

형운이 다른 오성의 제자를 두려워하는 이유 중에 하나가 가려였다. 여태까지 가려를 상대로 우위를 점해본 적이 한 번도 없는 것이다.

'그거야 정식으로 대련한 적은 한 번도 없고 언제나 먹을 거 먹겠다고 허점을 노리다가 뒤에서 덮쳐졌으니 그렇고……'

가려가 연령과 처한 환경을 고려할 때 탁월한 성취를 보이는 건 사실이다. 하지만 아무리 그래도 형운과 정면 대결해서 승리할 수 있을 정도인가? 귀혁은 절대 아니라고 단언할 수 있었다.

하지만 귀혁은 굳이 그 부분을 확답하지 않았다. 가려가 형운에게 좋은 자극제가 된다고 여겼기 때문이다. 형운을 가로막는 장벽이 될 수 있도록 앞으로 종종 그녀의 무공을 손봐줄 생각이었다.

형운이 말했다.

"어쨌든 최선을 다해볼게요."

2

와아아아아아아!

"어……?"

함성이 울려 퍼지는 비무장 위에서 형운은 멍청한 표정을 짓고 있었다. 그런 그의 앞에 번듯하게 차려입은 청년 한 명이 큰대자로 뻗어 있고 심판이 큰 소리로 승리를 선언하고 있었다.

"영성의 제자 형운의 승리입니다!"

"…그걸로 끝이었어?"

형운은 어안이 벙벙해서 중얼거렸다.

공개 비무 대회에는 총 여덟 명이 참가했다. 오성 전원 제자를 내보내지는 않았고 귀혁과 풍성, 화성만 제자를 참가시켰다. 거기에 별의 수호자 각 부서와 규모가 큰 하부 조직에서 인재들을 내보내서 선발을 거쳐서 나머지 다섯 자리를 채웠다.

그렇게 행해진 세 차례의 시합에서, 형운은 쉽게 승리를 거두고 우승했다.

"음."

형운은 의아함을 지우지 못한 채 비무대에서 내려왔다. 귀혁이 씩 웃었다.

"왜 이기고도 그런 표정을 짓는 게냐?"

"아니, 뭔가 속은 기분이라서요."

"왜?"

"솔직히 다들 곡정이보다는 강할 거라고 생각했는데… 그렇지도 않은데요?"

이번에 싸운 세 명 중에서 마곡정과 마지막으로 싸웠을 때와 비교해서 크게 낫다 싶은 이는 아무도 없었다. 그래서 형운은 결승전조차도 일각(약 15분)을 넘기지 않고 승리했으며 위험한 고비도 만나지 않았다.

"곡정이 사형은 많이 경계하고 있었는데……."

두 번째 상대가 풍성의 여섯째 제자였다. 그는 다른 참가자보다는 나이가 적은 편이라 형운보다 다섯 살 많은 스물한 살이었다.

하지만 그런데도 내공도 4심 정도였고 종합적인 무공의 성취 면에서도 전혀 형운을 위협하지 못할 수준이었다. 기술 하나하나의 완성도는 마곡정보다 뛰어난 것 같지만 그걸 운용하는 능력이 특출하지 않고, 신체 능력도 대단치는 않아서 언제나 여유 있게 대응 가능했다.

귀혁이 웃었다.

"물론 풍성의 다른 제자들은 만만치 않을 것이다. 여기 나오기에는 나이가 많은 녀석들이고 그만큼 무공 성취도 높으니까. 하지만 또래에서 네 방어를 뚫을 녀석이 많지는 않지."

감극도에 기반한 형운의 방어는 철벽이었다. 용린공으로

인해 팔다리가 도검불침이 된 후로는 더욱 그랬다.

방어력에 비해 공격력이 약하다고 하지만 그것도 상대적으로 심후한 내공으로 해결된다. 방어를 철저히 하면서 섬뜩한 일격을 날려주는 것만으로도 상대가 기세가 흐트러져서 자멸하게 만들 수 있었다.

그런 형운의 무위를 본 이들은 다들 놀람을 금치 못했다.

"믿을 수가 없군. 불과 3년 만에 저 정도 성취라니?"

"게다가 영성이 제자로 들이기 전까지는 무공을 익힌 적도 없는 아이가 아닌가?"

"재능이 없다고 하던데 아무리 봐도 와전된 정보였군. 성운의 기재와 필적하는 무재의 소유자가 아니고서야……."

"그걸 감안하더라도 영성의 제자 육성 능력은 진정 경탄스럽군."

별의 수호자에서 간부직을 맡을 정도면 형운의 성취가 무작정 비약을 많이 먹는다고 가능한 게 아니라는 정도는 안다. 열세 살 늦가을에 귀혁의 제자가 되고 나서 3년, 형운은 별의 수호자 내부에서는 후기지수 중에 비견할 자를 찾기 어려운 괴물 같은 성장을 이루어냈다.

운 장로는 주변에서 들리는 이야기에 심기가 불편했다. 아무리 형운의 성취가 높아도 다른 후기지수를 압도할 정도는 아니라고 여겨서 이런 판을 짰거늘, 뚜껑을 열어보니 상상을 초월하지 않는가?

'영성, 도대체 무슨 마술을 부린 것인가?'

연단술사인 장로들은 물론이고 여러 무인들, 무학원의 무학자들, 약초원의 약사들, 의료원의 의원들까지도 형운의 성장을 불가해하게 여기고 있었다.

각 부서에서 수집한 정보를 종합해 보면 귀혁이 대충 형운에게 어떤 약재와 비약을 가져다 쓰는지, 어떤 도구를 동원하는지는 추정이 가능하다. 무공도 별의 수호자의 무학서고에 존재하는 거라면 수련 과정을 알 수 있다.

하지만 그것만으로는 도저히 형운의 성장을 납득할 수 없었다.

'성운을 먹는 자…….'

별의 수호자 내에는 다양한 일맥들이 존재했다.

연단술, 무공, 기환술, 약학, 의학, 그리고 그 외 모든 분야에 걸쳐서 누적된 정보를 공유하면 그것만으로도 엄청나게 방대한 양이다. 하지만 그것을 전문화하고 스승에게서 제자로, 그리고 다시 그 제자로 계승해 가는 과정에서 특정한 목표를 추구하면서 개성을 획득한 일맥들이 생겼다.

예를 들면 장로들은 다들 다른 연단술 일맥의 종주라고 할 수 있는 자들이며 운 장로의 일맥은 독자적으로 일월성단을 모방한, 그러면서도 보다 인체에 반발 없이 쉽게 적용되는 순수한 기의 결정체 비약을 만드는 것을 목표로 삼는다.

'성운을 먹는 자'는 그중에서도 꽤 독특한 일맥이었다.

가장 이상한 부분은 그들이 대를 이을 때 일관성이 없다는 점이다. 1대는 연단술사였는데 2대는 기환술사였고 3대는 약학자였다. 그나마 4대가 무학자였고 5대에 해당하는 귀혁도 무학자라는 점이 공통점일 뿐이다.

'도무지 알려진 게 없으니…….'

심지어 '성운을 먹는 자'는 일인전승이기까지 했다. 게다가 매번 귀혁만큼이나 안하무인의 천재들만 계승자로 골랐는지라 회유해서 정보를 빼내지도 못했다.

'사실 그럴 이유도 별로 없었지만.'

그들은 하나같이 뛰어났지만 그 연구 성과를 드러내 놓고 자랑하질 않았고 다른 일맥과 경쟁하지도 않았다. 실로 고고하게 자기 하고 싶은 것만 하는 놈들이었다고나 할까? 그러다 보니 운 장로는 그들이 정확히 무엇을 추구하는 일맥인지조차 제대로 알지 못하는 상황이었다.

'좀 알아볼 필요가 있겠군.'

아무리 봐도 역대 '성운을 먹는 자' 계승자들의 면면을 볼 때 귀혁이 형운을 제자로 고른 이유를 알 수가 없다. 그들은 어쨌거나 각자의 분야에서 천재적인 연구자라는 공통점이 있었는데 형운은 전혀 그런 부류가 아니었으니…….

'제자단 이야기를 앞당겨야 하나?'

운 장로는 고민에 빠졌다.

3

"와, 저게 성해예요? 저긴 돌덩이가 떠 있네? 저기도 우리 동네만큼 이상하다!"

간밤에 눈이 내려서 풍경이 온통 새하얀 고갯길 위에서 한 소년이 호들갑을 떨었다. 체격이 작아서 한 열두세 살 정도로 보이는 소년이었는데 언행이 활기찼다.

또한 소년의 외모는 상당히 특징적이었다. 뒤로 질끈 묶은 머리는 주변에 쌓인 눈처럼 하얀 백발이었고 눈동자는 짙푸른색을 띠고 있었다.

그 옆에는 왠지 후줄근한 인상의 남자가 있었다. 머리와 수염을 제대로 다듬지 않아서 지저분해 보이는 데다가 눈도 졸려 보여서 영 좋은 인상이 아니다. 그가 하품을 하며 대꾸했다.

"아음. 해극아, 좀 조용조용히 말해라. 이 사부의 머리가 울리는구나."

"거 취기는 좀 내력으로 날려 버리시지 그래요?"

"그럴 거면 뭐하러 술을 마시겠느냐? 술은 취하려고 마시는 거란다."

"아무리 그래도 다른 곳에 손님으로 갈 때는 예의를 지키셔야죠."

"뭐 별로 사이좋은 곳도 아닌데 예의 차릴 것까지야."

"우리 성이 저기 최대 고객 중에 하나가 아니었나요?"

"그래. 그리고 손님은 왕이지. 그러니까 별로 예의 차릴 거 없다."

"아무리 그래도 사부님이 우리 성을 대표하는 얼굴 중에 하나신데……."

"어허. 큰일 날 소리를. 내가 무슨 우리 성을 대표하는 얼굴이냐? 난 대외적으론 잘 나서지도 않는구만. 그런 귀찮은 일은 사형들이 하는 거다."

"이러니까 여태 장가를 못 가셨지……."

소년이 혀를 끌끌 찼다. 그게 마치 철이 덜 든 어린아이를 보는 어른의 눈빛이라 실로 미묘하다. 고개를 절레절레 저은 소년이 말했다.

"그럼 오늘은 이만 가고 여기서 하루 야숙하기로 하죠."

"응? 그게 무슨 소리냐?"

두 사람의 목적지가 바로 성해였다. 그런데 성해가 눈으로 보이는 거리까지 와놓고 여기서 야숙을 하자니 이게 무슨 소린가?

소년이 말했다.

"내력으로 취기 날려 버리기 싫으시다면서요?"

"그랬지."

"하지만 손님으로서 예의는 지켜야 하니 여기서 하루 술 안 마시고 버텨야죠, 뭐. 그럼 취기는 다 빠지실 거고요."

"……."

뭘 당연한 걸 묻느냐는 듯 소년이 대답하자 남자가 할 말을 잃었다. 소년이 정말로 야숙 준비를 하기 시작했다. 길가의 눈을 치운 다음 짐을 풀어놓고는 눈을 슥슥 뭉쳐서 눈집을 만들려는 게 아닌가?

"제가 스승이고 사부님이 제자였으면 한 대 패서 기절시킨 다음 해결하겠는데 그럴 수가 없군요. 뭐 저야 야숙하는 거 좋아하니까. 마침 사부님 술도 다 떨어졌고 아주 잘됐네요."

"이 엄동설한에 야숙이라니 제정신으로 할 소리가 아니잖느냐?"

"에이, 사부님은 한서불침(寒暑不侵)을 이루셨잖아요. 눈 속에서 야숙하는 게 뭐 대수라고."

"한서불침이라고 무한정 한기에 영향을 안 받는 건 아니라는 거 알잖느냐?"

"괜찮아요. 전 눈 속에서 야숙한 경험도 풍부하니까요! 눈집 속에서 모닥불 피우면 따뜻해요."

"으윽, 해극아. 정녕 이렇게 나오기냐?

"둘째 사백께서 신신당부하시더라구요. 사부님이 가서 실례 저지르지 않게 잘하라고."

"사형하고 무슨 거래를 한 게냐? 네가 공짜로 그런 말을 들었을 리가 없는데."

"사부님 어쩜 이리도 저를 잘 아실까."

"무공이냐? 새 무공 가르쳐 준다고 했냐?"

"아뇨. 어차피 우리 성의 무공이야 그냥 슥 보면 익히는데 굳이 배울 필요까지야……."

"…내가 살다가 이만큼 재수 없는 소리를 들은 건 처음이다. 내 제자지만 정말 재수 없군. 내가 왜 이런 놈을 제자로 삼았지?"

남자가 어이없다는 듯 투덜거렸다. 소년이 말했다.

"전 무공 익힐 생각 없었는데 사부님이 어르고 달래서 끌고 온 거잖아요. 원 참."

"그래서 뭐냐? 뭘 대가로 받기로 했느냐?"

"여자요."

"…엥?"

남자의 눈이 휘둥그레졌다. 소년이 부끄러운 듯 몸을 배배 꼬면서 말했다.

"에헤헤. 사백님이 참한 아가씨 소개시켜 주신다고 했단 말이에요."

"…야, 이 녀석아. 젊은 놈이 무슨 어른한테 여자 소개받을 생각이나 하고 있어? 패기 없게스리."

"그 나이 되도록 성혼도 못 하시고 연인도 없으신 사부님께 그런 말씀 듣고 싶지 않아요."

"……."

"저는 사부님과 달리 제법 인기가 있긴 하지만……."

"이런 놈을 제자라고."

남자가 투덜거렸지만 소년은 싹 무시하고 말을 이었다.

"이놈의 체질 때문에 아무 아가씨나 꼬실 수가 없단 말이죠! 둘째 사백님께서 제 체질에 상관하지 않을 수 있는 참한 아가씨를 정보망을 총동원해서라도 찾아주겠다고 약속하셨다고요. 후후후."

"말세다, 말세야."

남자가 투덜거렸다. 그러더니 갑자기 눈을 감고 호흡을 깊게 들이마셨다.

슈우우우우우……!

남자의 몸에서 짙은 술 냄새가 나는 증기가 뿜어져 나왔다. 여행 내내 술을 마시고 마시고 또 마시면서 쌓인 주독(酒毒)을 진기의 운행을 통해서 싹 몰아낸 것이다. 그저 주독을 몰아내는 것뿐만 아니라 몸과 옷에 뱄던 술 냄새까지 싹 사라져 버리는 것으로 보아 남자가 대단한 고수임을 알 수 있었다.

"에잉, 아깝게스리."

"오, 포기하셨군요."

"내가 더럽고 치사해서 네 술수에 넘어가 준다. 이 엄동설한에 술도 없는 곳에서 야숙할 수야 없지."

남자가 투덜거렸다.

소년이 전광석화 같은 동작으로 짐을 다시 싸면서 말했다.

"잘 생각하셨어요. 그래도 윤극성을 대표해서 별의 수호자를 찾아가는 건데 체면은 차려야죠."

"얼어 죽을. 우리 성의 체면이야 사부님만 계시면 떨어질 일 없다."

그렇게 투덜거리는 남자의 정체는 봉연후, 무력단체이자 풍령국의 일개 성(城)이기도 한 윤극성을 다스리는 무상검존 나윤극의 셋째 제자였다.

"그럼 후딱 가보죠. 저기 성운의 기재는 여자애라던데 예쁠까요?"

그리고 그렇게 묻는 소년은 바로 봉연후의 제자이며 성운의 기재인 위해극이었다.

곧 두 사람은 눈길을 바람처럼 달려서 성해로 향했다.

4

윤극성에서 손님이 온다는 사실은 별의 수호자 총단에 일찌감치 알려져 있었다.

무상검존 나윤극과 그가 다스리는 윤극성의 존재를 모르는 이가 없다 하나 그들은 어디까지나 풍령국 사람이다. 밀입국을 하는 게 아닌 이상 명확한 이유를 알리고 손님으로 하운국에 입국하니 그 단계에서부터 행보가 알려지게 된다.

또한 그들은 애당초 별의 수호자 총단을 방문할 생각임을 알려왔다. 그래서 별의 수호자는 그들의 도착 시기를 예상하고 맞이할 준비를 갖춘 상태였다.

하지만 예상치 못한 것도 있었으니…….

5

"…나를 만나러 온 거라고?"

귀혁이 의아해했다.

봉연후와 위해극의 방문 소식은 일찌감치 들었다. 하지만 대충 일반적인 거래를 통해서는 손에 넣을 수 없는 비약, 예를 들면 일월성단 같은 것을 구하고자 왔으려니 했다.

그런데 귀혁을 만나러 왔다니? 이건 예상 밖이다.

"흠, 나윤극 그놈이 뭘 꾸미고 있는 거지?"

귀혁은 봉연후를 만난 적이 없었다. 하지만 무상검존 나윤극과는 제법 인연이 있었고 그게 좋은 쪽으로만 남아 있지는 않았다.

나윤극은 천하제일검객으로 꼽히는 고수일 뿐만 아니라 정치적인 수완도 뛰어난 인물이었다. 그는 비천한 죄인의 혈통으로 태어나 어렸을 때는 관아의 노비였다. 그러다가 성운의 기재로서 재능을 눈뜨고, 그 천명에 어울리는 풍운을 만나 자신의 운명을 개척해 갔다.

성주의 일족을 구하고, 죽음의 재해를 단신으로 막아내고, 황족을 구하였으며, 마침내는 환마(幻魔)들에게 암살당할 뻔한 황제의 목숨마저 구했다.

그렇게 영웅의 삶을 살아온 그는 중년의 나이에 풍령국에서 '죽음의 땅'이라고 선포했던, 환마들이 지배하던 지역을 개척하기에 이른다. 황실에서도 포기한 땅을 나윤극이 추종자들과 함께 개척하고자 시도하여, 마침내 환마왕을 쓰러뜨리기까지 하니 황제는 전례 없는 결정을 내렸다.

나윤극이 개척한 땅을 그의 업적을 기리며 윤극성이라 명명하고 자치권을 부여한 것이다.

윤극성은 늘 환마들의 위협이 도사리는 땅이다. 그곳을 지키기 위해서는 막대한 병력을 투입해야 하며 감당하기 어려운 군비 지출이 따라붙는다.

그런 이유로 나윤극은 전례 없는 자치령의 성주가 된 것이다. 다른 성에 비해 황실에 바쳐야 할 세금이 낮게 책정된 것은 물론이고 오히려 지원금을 받기까지 한다. 대신 환마들과 싸우며 치안을 안정시키는 것 또한 그들의 몫이었다.

하지만 알 만한 사람이라면 다들 이것이 처음부터 나윤극이 의도한 바임을 알았다. 합리적인 이유가 있어서 황실이 그런 파격적인 결단을 내린 게 아니라, 나윤극이 그런 명분을 준비해 가면서 원하는 결과가 나오도록 유도한 것이다.

'요즘은 좀 잠잠하다 싶었더니만.'

윤극성이 성립한 후 10년간 나윤극은 온갖 수작을 부려서 별의 수호자를 자신의 편으로 끌어들이고자 했다. 하지만 어느 정도 치세가 안정되고 나자 그런 시도는 많이 줄어들었다. 현재의 윤극성은 별의 수호자의 최대 고객 중에 하나다.

'제자를 받는 데 나이를 안 가리는 놈이 성운의 기재를 굳이 자기 제자한테 맡긴 것도 이상한 일이었지.'

나윤극은 현재 60대 중반으로, 강호상에 명성이 혁혁한 데 비해 제자들을 좀 늦게 받았다. 그래서 일곱 명의 제자 중에 가장 나이가 많은 봉연후도 아직 30대 중반이다.

윤극성을 받칠 후대 육성에 욕심이 많았던 그가 굳이 성운의 기재인 위해극을 여덟째 제자로 삼지 않고 봉연후에게 맡긴 것에 대해서 이래저래 말이 많았다.

'흠, 어떤 녀석일지……'

귀혁은 의심과 호기심을 품은 채 봉연후와 위해극을 만났다.

6

"어?"

귀혁을 본 위해극이 인사도 하기 전에 눈을 동그랗게 떴다. 제자의 반응에 봉연후가 의아해하며 바라보자 위해극이 퍼뜩 정신을 차리고는 웃는다.

"아, 죄송해요. 좀 놀라서 그만."

"뭐가 놀라운가?"

귀혁이 물었다. 서로 인사도 나누기 전이지만 위해극은 꽤 그의 흥미를 끌었다.

'영수의 혈통인가? 상당히 위압적인 분위기군.'

위해극은 겉으로 보면 활달한 인상의 잘생긴 소년이었다. 하지만 그가 흘리는 기파는 기이할 정도로 위압적이었다.

이들의 시중을 든 시비들이 하나같이 파랗게 질려 있던 이유를 알 수 있을 것 같았다. 위해극이라는 소년의 기파를 접하는 것만으로도 몸이 덜덜 떨렸으리라.

위해극이 멋쩍은 듯 웃으며 대답했다.

"아, 영성께서는 태사부님보다도 연세가 많으시다고 들었거든요."

"자네의 태사부가 검존을 말하는 거라면, 그렇네."

"그런데 더 젊어 보이셔서요. 실례지만 겉으로 보기에는 쉰 살은 안 넘어 보이세요."

"그게 놀라웠나? 하긴 검존이 내공이 심후한 것치고는 겉늙기는 했지."

"와."

위해극이 눈을 휘둥그레 떴다.

"태사부님을 그렇게 말씀하시는 분은 처음 봐요."

"나중에 기회가 닿으면 설산검후를 찾아가 보게. 아마 더 재미있는 이야기를 들을 수 있을 테니."

"헤에……."

위해극이 탄성을 흘리는데 봉연후가 헛기침을 한번 하더니 입을 열었다.

"처음 뵙겠습니다. 윤극성에서 온 봉연후입니다. 무상검존께서 제 스승님이십니다."

"인사가 늦어서 죄송합니다. 제자인 위해극입니다."

"반갑군. 별의 수호자의 영성, 귀혁일세. 듣자 하니 나를 찾아왔다던데?"

"그렇습니다."

"무슨 일인가? 자네 제자가 흥미로운 아이이긴 하지만, 자네와 나는 이번이 초면인데."

"그것이… 사부님이 시키셔서 말입니다."

"음?"

봉연후가 귀찮다는 듯 머리를 벅벅 긁었다. 거대 무력단체를 대표해서 온 것으로는 전혀 보이지 않는 태도였다.

"해극이를 떠맡기신 것만으로도 모자라서 꼭 영성께 가보라면서 먼 길을 가게 만드시더군요."

"와, 너무한다. 아니, 제자가 되어달라고 저한테 사정사정할 때는 언제고 그런 말씀을 하세요?"

위해극이 혀를 내둘렀다. 봉연후가 입술을 삐죽였다. 어른스러움이라고는 눈곱만큼도 찾아볼 수 없는 태도였다.

"그야 뭐… 사부님이 해극이 너를 설득하면 반년 동안 수련 안 하고 놀아도 된다고 조건을 거셔서 그랬지."

"세상에. 그런 말도 안 되는 거래가 있었다고요?"

"그래놓고서 내가 제자로 삼아서 잘 키우라고 명령하시니 나한테는 완전 날벼락이었단다. 난 당연히 사부님이 책임지실 줄 알았건만."

"이런 분인 줄 알았으면 내가 고향 안 떠나는 거였는데. 에휴."

위해극이 고개를 설레설레 저었다.

일개 성을 대표하기는커녕 길거리 익살꾼들 같은 사제의 대화에 귀혁이 웃음을 터뜨렸다.

"재미있군. 검존은 웃음기라고는 없는데 어쩌다 자네 같은 사람을 제자로 삼았나?"

"아, 그게… 제가 원래 좀도둑이었습니다."

"응?"

이건 또 금시초문이다. 봉연후가 머리를 긁적였다.

"돈이 떨어져서 저잣거리에서 사부님 주머니를 털다가 걸려서 그만. 돈 많아 보이는 어르신이 있길래 슬그머니 주머니를 털고 룰루랄라 길을 가고 있었더니 글쎄 뒤에서 뭔가 무서운 게 노려보는 것 같지 않겠습니까?"

"호오, 그래서?"

"그래서 뒤를 돌아보니까 사람은 없고 검 한 자루가 둥둥 떠서 마치 저를 빤히 바라보는 것처럼 졸졸 따라오고 있지 뭡니까? 혼비백산해서 검을 붙잡고 벽에다 찍어놓은 다음 도망쳤죠."

"그걸 붙잡았나?"

"네. 그냥 도망치면 날아서 쫓아올 거 같았습니다. 그래서 그렇게 도망치다 보니 또 한 자루가 나타나고, 그걸 붙잡으니까 또 한 자루가… 보이는 족족 잡아서 치우면서 도망치다 보니까 저한테 돈주머니를 털린 사부님이 앞에 짠 하고 나타나더니 백 자루의 검을 주변에 띄워두고 말씀하시더랍니다."

"뭐라고 하던가?"

"죽든가 아니면 제자가 되든가 양자택일하라고. 진짜 눈빛만으로도 사람을 죽일 수 있다는 게 뭔지 알았죠. 그게 제가 스물한 살 때 일입니다."

"호오. 그럼 그전에 무공은 배웠었나?"

"네, 뭐… 이것저것 잡기를 주워 배운 게 있었죠. 나중에 사부님께 여쭈니 내공도 별로 없는 게 소매치기하면서 보이는 한 수가 신기할 정도라 돈주머니를 훔쳐 가는 걸 가만히 지켜보셨다고 하더라고요. 하하하."

"…사부님이 지금까지 그렇게 살고 계신 이유를 아주 잘 알 것 같네요."

처음으로 봉연후가 나윤극의 제자가 된 비화를 들은 위해극이 땅이 꺼져라 한숨을 쉬었다.

봉연후가 말했다.

"나도 별로 사부님 제자는 되고 싶지 않았단다. 사부님 무공 배우는 게 얼마나 힘들었는데."

"아마 사부님이 지금 하신 말씀이 강호에 알려진다면 태사부님의 무공을 배우고 싶어 하는 수많은 사람들이 살의를 품고 달려들걸요."

"그러라고 해. 난 진짜 배우고 싶지 않았다고."

봉연후가 콧방귀를 뀌었다. 귀혁은 기가 막혀서 웃었다.

"허허, 재미있는 친구군."

"칭찬해 주시니 감사합니다."

"그래, 그럼 날 찾아온 이유는 이 아이 때문이라는 겐가?"

"그렇습니다. 전 어디까지나 보호자 역으로 따라온 것이고……."

"흠. 이 아이와 나를 만나게 해서 뭘 어쩌려고?"

귀혁은 진심으로 궁금했다. 풍령국 저편에서 머나먼 길을 온 이유가 위해극을 자신과 만나게 하기 위해서라니, 도대체 그걸로 무엇을 얻을 수 있단 말인가?

봉연후가 말했다.

"사부님께서 이렇게 전해달라고 하셨습니다. 전에 지운 빚을 돌려받고 싶다."

"어떤 식으로 말인가?"

"…아, 빚을 지긴 지셨나 봅니다?"

"설마 방구를 뀔 때도 진지하게 뀌는 자네 사부가 헛소리를 했겠나? 지긴 졌네. 참 별거 아닌데 그걸 이십 년 넘게 기억하고 있었군."

"푸."

그 말에 봉연후와 위해극이 나란히 웃음을 터뜨렸다. 그러다가 위해극은 자기가 이러면 안 된다고 생각했는지 얼굴을 붉히며 헛기침을 했다. 하지만 봉연후는 박장대소했다.

"푸하하하핫! 이야, 이거 정말 걸작이군요! 제가 사부님에 대해서 들은 말 중에 가장 적절합니다. 으음, 죄송하지만 나중에 제 사형제들에게 써먹어도 되겠습니까?"

"그러도록 하게."

귀혁은 신기한 동물을 보는 듯한 눈으로 봉연후를 바라보았다. 나윤극의 의도를 파헤치는 것보다 봉연후와 위해극이 하는 짓을 보는 게 더 재미있으니 곤란한 노릇이다.

봉연후가 은근한 태도로 물었다.

"아, 그런데 죄송하지만 그 빚이 무엇인지 여쭤도 되겠습니까?"

"별건 아니네. 이십 년 전쯤에 나랑 검존이 광세천교와 흑영신교 토벌에 참여했던 건 알고 있겠지?"

"예. 거기서 사부님께서 황족분들을 구해서 황실과 사이가 돈독해지셨다고 들었습니다."

"그렇지. 어쨌든 광세천교 본단을 칠 때, 거기 교주가 교단의 수호마수(守護魔獸)를 부르는 바람에 난리가 났었는데 그때 자네 사부가 일격을 감당해 준 덕분에 끝장을 낼 수 있었지. 그 이야기일세."

"허어, 과연. 두 분은 전우셨군요."

"그렇게도 표현할 수 있겠군. 어쨌든 내 질문에도 대답해 주게나."

"아, 그렇지. 죄송합니다."

봉연후는 자기 머리를 탁 치더니 말했다.

"사부님께서 영성께 바라신 건 간단합니다. 해극이랑 대련해 주시면 감사하겠습니다."

"음?"

귀혁의 표정이 묘해졌다.

'옛날 빚을 들먹이길래 일월성단이라도 내놓으라는 건가 했더니만…….'

그 먼 길을 와서 요구하는 게 자신과의 대련이란 말인가? 예상 밖이다 못해 어이가 없었다.

귀혁이 물었다.

"그게 단가?"

"예."

"허어……."

"어이없으시죠? 저도 그렇습니다. 아니 그 먼 길을 가서 애랑 어른을 대련시키고 오라니 이게 무슨……."

봉연후가 투덜거렸다.

귀혁이 물었다.

"이유는 들었나?"

"하하, 듣긴 했는데 그건 제가 이야기하지 말라고 당부하셨는지라."

"흠, 알겠네."

"받아들여 주시는 겁니까?"

"그러지. 대신 나도 한 가지 조건이 있네."

"조건…이요?"

"자네도 내 제자랑 대련해 주게."

"네에?"

봉연후가 눈을 휘둥그레 떴다. 그가 눈살을 찌푸렸다.

"아니, 제가 왜 그런 귀찮은 일을… 여기까지 오는 것만으로도 귀찮아 죽을 뻔했는데."

"사실 난 내 앞에서 까불거리는 젊은이들을 별로 관대하게 봐주는 편이 아니라네."

귀혁이 싱긋 웃었다. 동시에 분위기가 싸해졌다. 귀혁에게서 흘러나오는 기파가 그 자리를 압도하고, 제멋대로 흘러나오던 위해극의 독특한 기파까지도 단숨에 집어삼켰다.

꼼짝도 못하고 굳어버린 두 사제를 보며 귀혁이 말했다.

"자네가 좀 재미있는 사람이라 관대하게 봐주고 있었네만, 그것도 한계가 있다는 걸 알아줬으면 좋겠군. 자각이 없는 것 같은데 자네는 윤극성을 대표하는 인물 중에 하나고 나는 별의 수호자의 영성일세. 자네가 그 입장을 좋아하든 싫어하든 중요하지 않아."

"으, 으음……."

귀혁이 살짝 기파를 물리자 그제야 봉연후와 위해극의 숨통이 트였다. 귀혁이 말했다.

"검존의 이야기야 들어주겠네만, 자네의 태도를 그냥 보아 넘길지는 별개의 문제지. 나도 자네 사부 흉내를 내볼까? 이 자리에서 죽겠나, 아니면 내 부탁을 들어주겠나?"

"…부, 부탁을 들어드리지요."

봉연후가 식은땀을 흘리며 고개를 끄덕이는 걸 보면서 위해극은 생각했다.

'와, 사부님 임자 만나셨네, 임자 만나셨어.'

7

봉연후와 위해극이 별의 수호자 총단에 찾아온 다음 날, 귀혁에게 불려 나온 형운은 심히 못마땅한 얼굴로 투덜거렸다.

"저 오늘 휴일인데요."

"안다."

"진짜 모처럼 만에 쉬는 날인데요! 요즘 진짜 하나도 못 놀고 수련만 했는데!"

"잘 알지."

"시내로 놀러 나가려고 계획 다 짜놨는데요!"

"그랬느냐?"

"그랬다고요. 예은이 동생 소개받기로 찻집 예약까지 했는데."

"흠, 그거 안됐구나. 다음으로 미루거라."

귀혁은 제자의 휴일 계획을 망쳐 놓고도 태연자약했다. 형운이 기가 막혀했다.

"와, 진짜 횡포야. 우리 사부님이 이렇게 폭압적인 분이실 줄이야!"

"대신 내일부터 사흘간 휴일을 주는 걸로 보상하려고 했는데… 필요 없나 보구나? 하긴 폭압적인 사부에게 그런 걸 기대하지는 않았겠지."

"…어허, 무슨 말씀을 하십니까? 현명하고 관대하신 사부님. 헤헤헤. 제자가 만나기로 한 사람들에게 미안해서 좀 심통을 부린 거 갖고 화내시면 안 되지요."

형운이 전광석화처럼 빠르게 태도를 바꿔서 살살거렸다. 실로 가증스러운 모습에 귀혁이 실소했다.

"하여튼 참으로 한결같구나."

"뭐, 사람이 일관성이 있어야죠. 그래서 제가 뭘 하면 되나요?"

형운은 뻔뻔하게 표정을 바꾸고 물었다. 귀혁이 말했다.

"윤극성에서 손님이 온 건 들었느냐?"

"네. 그 무상검존의 셋째 제자하고 성운의 기재라면서요? 설마 저보고 그 성운의 기재랑 붙으라는 건 아니죠? 무상검존의 무공을 익혔으면 엄청 셀 것 같은데……."

"유감스럽게도 그건 아니다."

그 말에 형운이 노골적으로 안도의 한숨을 내쉬었다. 패기라고는 눈곱만큼도 없는 태도에 귀혁이 퍽 한심해하는 눈길을 보냈다.

"거 슬슬 자신감 붙을 때가 되지 않았더냐?"

"상대가 만만하면 그러겠는데 무려 무상검존의 제자잖아요. 팔객도 아니고 이존! 강호 최강의 검객! 살아 있는 전설!"

"이래 봬도 네 사부는 강호 최강의 권호이며 살아 있는 전설 소리도 자주 듣는 폭풍권호다만?"

"그래도 명성만으로 보면 사부님이 좀 못하죠. 뭐 사부님이 강호행에서 남기신 일화들이 진짜 멋있어서 저도 참 좋아하는데……."

"좋아하는데?"

"그래도 객관적으로 볼 때 이존은 팔객보다 한 수 위 취급을 받잖아요?"

"네가 그렇게 말하니 이 사부가 좀 기분 상하는구나? 나윤극 그놈 나한테 한 번 깨졌다만."

"헉?"

형운이 깜짝 놀랐다. 귀혁이 강하다는 거야 익히 알고 있는 사실이다. 사실 형운의 머릿속에서 귀혁보다 강한 사람이 존재한다는 건 말도 안 된다고 생각하고 있었다.

하지만 그래도 무상검존 나윤극은 공인 강호 최강자가 아닌가? 그런 그와 실제로 싸워서 승리했단 말인가?

놀란 형운의 표정이 마음에 들었는지 귀혁이 흡족한 미소를 지었다.

"이제 사부가 좀 위대해 보이느냐?"

"어, 완전 위대해 보여요. 근데 그거 진짜예요?"

"이 사부가 그런 일로 허튼소리 하겠느냐? 진짜다."

"우와……."

"뭐 솔직히 말하자면 두 번 싸워서 한 번은 이기고 한 번은 무승부이긴 했다. 그놈이 만만한 놈은 아니지."

"그래도 굉장해요. 사부님 새삼 위대해 보이네요, 막."

"흣, 안다니 됐다."

어깨를 으쓱한 귀혁이 말했다.

"어쨌든 나윤극 그놈이 요상한 요구를 해왔는지라, 네가 그 아이와 싸울 필요는 없다."

"요상한 요구요?"

"나보고 그 아이랑 대련해 달라고 하더구나."

"…엥? 사부님이랑요?"

"그래. 도대체 뭔 의도인가 했는데… 생각해 보니 좀 알 것 같기도 하단다."

"혹시 고수랑 겨뤄보는 게 무인에게는 정말 값진 재산이다, 뭐 그런 거예요?"

"그 이야기도 틀리진 않지. 하지만 내 생각에 아마 저 아이는 지금까지 배운 모든 무공을 아주 쉽게 터득해 냈을 게다."

"그야 뭐 성운의 기재니 그렇겠죠."

"그래서 아마 그럴 수 없는 기술을 보여주고자 하는 게 아닌가 싶군."

"봐도 훔쳐 낼 수 없는 기술 말인가요?"

"그래. 그저 강자의 무공을 경험하게 하겠다는 이유만으로 한창 성장세인 아이에게 먼 길을 가게 하는 것은 아무리 봐도 어리석은 일이지. 아마 저 아이에게 세상에는 성운의 기재가 봐도 요체를 파악할 수 없는 무공이 있음을 보여주고 싶은 것 같구나."

"굳이 위험을 감수하고 시간을 낭비해 가면서 그럴 필요가 있나요? 그냥 말로 알려줘도 될 텐데."

"있지. 왜냐하면 그런 존재를 만나지 못하는 한, 성운의 기재의 기준은 변하지 않을 테니까 말이다. 재능이 탁월한 자는 그 뛰어난 재능 때문에 오히려 방만해지기도 쉽고 아집에 빠지기도 쉽다. 살면서 세상 모든 것을 한 번 보고 이해할 수 있었던 놈한테 그렇지 않은 게 있다고 말하면 진지하게 납득하겠느냐?"

"음……."

"스스로 보고 겪어야 하는 게다. 그래야 그동안 굳어졌던 기준을 깨고 새로운 기준을 세울 수 있는 것이지."

"아, 그건 알 것 같아요."

형운은 자연스럽게 천유하를 떠올렸다.

천유하는 그런 충격을 두 번이나 만났으리라. 한 번은 귀혁에게 거부당했을 때, 그리고 또 한 번은 총단에서 서하령을 만났을 때.

단단하게 굳어 있던 아집을 깨는 계기를 두 번이나 만남으로써 천유하는 명문정파에서 팔객의 일원을 스승으로 두고 신공절학을 익힌 가신우를 압도하는 성장을 이루어냈다. 어떤 의미에서는 그것이야말로 하늘이 천유하의 재능을 꽃피우기 위해 기연을 내렸다고 할 만한 일이다.

형운이 물었다.

"그럼 전 사부님과 그 성운의 기재가 싸우는 모습을 잘 보고 공부하면 되나요?"

"그랬으면 좋겠느냐?"

"네. 보는 공부 얼마나 좋아요? 그 어느 때보다도 진지하게 임할 자신이 있습니다."

"공부 의욕이 넘치는데 찬물을 부어서 미안하구나. 넌 봉연후랑 대련하면 된단다."

"엥?"

"이 사부가 특별히 네가 흠모하던 무상검존의 무공을 직접 몸으로 겪어볼 수 있는 좋은 기회를 마련해 주었단다."

"아니, 저기……."

"이길 필요는 없으니 아주 깊게 맛을 보거라. 뭐 되도록 다치지는 말고. 다쳐서 휴일 내내 골골대면서 누워 있으면 얼마나 억울하겠느냐?"

"사, 사부님 치사해……."

귀혁이 무슨 음모를 꾸몄는지 이해한 형운이 치를 떨었다.

8

"으음. 까불지 말아야지. 이 나이에 황천 갈 수는 없으니."

대련을 위해 귀혁의 비밀 수련장으로 향하는 봉연후는 스스로에게 다짐하듯 그렇게 말했다. 위해극이 퍽 한심해하는 눈으로 스승을 바라보았다.

"그러게 예의 지키자니까 왜 괜히 위험을 자초해서 저까지 괜히 심장 떨어지게 만드세요?"

"아니 너무 재밌어하면서 받아주길래 마음이 편해져서 그만……."

"남의 본거지 한복판에서 그렇게 마음이 편해져서 어쩔 건데요."

"그래서 내가 공식 석상에도 얼굴 안 내밀고 남의 동네에 사절로도 안 가는 것 아니냐."

"사백님들의 고뇌가 뼈저리게 공감되는군요."

"넌 내게 감사해야 한다."

"왜요?"

"이렇게 열심히 반면교사가 되어주잖냐. 나처럼 살지 말아야겠다는 생각이 팍팍 들지?"

"……."

위해극이 할 말을 잃었다. 자기 사부지만 정말 답이 없는 사람이다.

'이렇게 탱자탱자 노는데도 무공도 뛰어나시고 날 가르치는 능력도 출중하시니 참. 재능이란 더러운 거야.'

자기는 성운의 기재인 주제에 그런 생각을 하면서 고개를 절레절레 젓는다.

위해극이 화제를 돌렸다.

"아, 그나저나 여기 성운의 기재라는 여자애를 보고 싶었는데 시커먼 사내놈이 사부님 상대하는 거나 봐야 한다니 우울하네요."

"영성의 제자도 볼만하지 않을까? 그 무시무시한 사람의 제자인데."

"그래봤자 뭐 그냥저냥 뛰어난 사내놈이겠죠 뭐."

"…내 제자지만 해극이 너 정말 재수 없구나."

"세상에 성운의 기재 말고도 기재가 그렇게 많다던데 지금까지 본 녀석들은 하나같이 재능이라는 측면에서는 별 볼 일 없었다고요. 결과물이 대단한 경우야 있었지만 그건 환경과 노력, 세월과 기연 등등이 더해져서 그랬고. 아, 사부님은 좀 예외예요."

"응?"

"제 생각에 사부님은 진짜 천재인 것 같거든요? 어쩌면 성운의 기재 이상인 것 같아요."

"그, 그래? 내가 그렇게 재능이 대단해 보이냐?"

위해극은 타인을 칭찬하는 데 인색한 성격이 아니다. 하지만 다른 모든 걸 칭찬해도 여태까지 '재능'을 칭찬하는 경우는 한 번도 못 봤는지라 봉연후가 부끄러워했다. 하긴 그가 재능만은 정말 뛰어나긴 했다. 스무 살 넘어서 소매치기나 하던 놈을 공인 천하제일검객이 제자로 삼을 정도로…….

위해극이 삐딱한 어조로 말했다.

"근데 그 좋은 재능을 썩히는 솜씨가 진짜 천하일품이에요. 사부님이 정상적으로 노력했으면 아마 태사부님의 후계자는 일찌감치 사부님으로 결정됐을 거라고 보는데요?"

"…웬일로 듣기 좋은 소리를 하나 했다. 그런 거라면 난 흥미 없으니 너나 하거라. 난 지금 너 가르치는 것도 귀찮아 죽겠으니."

봉연후가 콧방귀를 뀌었다.

위해극이 고개를 절레절레 저었다.

"어휴. 사부님이 의욕을 보였으면 아마 제 성취가 두 배는 높았을 거예요."

"퍽이나."

문득 봉연후가 실실 웃으며 말했다.

"하지만 사부로서 제자에게 한마디 해줄 말이 떠오르긴 하는구나."

"뭔데요?"

"네 작은 머리로 세상을 다 이해했다고 여기진 말거라. 넌 아직 어리고 본 것도 겪은 것도 얼마 안 돼. 네가 본 재능이 세상에 있는 재능의 다가 아니고 네가 본 강자가 세상의 모든 강자도 아니다."

"와, 그럴싸한 말인데요? 근데 제가 별로 납득 안 하는 거 아시죠?"

"알지. 그러니까 내가 여기까지 왔지."

"네?"

"귀찮지만 널 제자로 받아서 스승이 되었으니 스승으로서의 도리는 다해야 하지 않겠냐? 부디 여기서 내가 가르쳐 주려는 걸 배우려므나."

"흠, 사부님."

"응?"

"사부님이 진지한 말씀 하시니까 되게 이상해요."

"……."

봉연후의 표정이 구겨졌다.

9

봉연후와 위해극이 안내된 곳은 지하에 있는 비밀 연무장이었다. 항상 형운의 수련이 이루어지는 곳이기도 했다.

두 사람이 안으로 들어서자 형운의 표정이 묘해졌다.

"어……."

"왜 그러느냐?"

"아니, 그게……."

형운은 흘끔 두 사람의 눈치를 보고는 전음으로 말했다.

—저 아저씨 진짜 무상검존의 제자 맞아요?

—맞다만?

—와, 근데 왜 저렇게 뒷골목에서 기녀들 등쳐 먹고 사는 한량 같아 보이죠?

—…….

이 순간 봉연후는 왠지 모르게 귀가 간질간질해지고 있었다. 봉연후가 투덜거렸다.

"누가 내 욕 하나?"

"왜요?"

"귀가 간지러워서."

"사백님들께서 사고 치지 말라고 과거사를 끄집어내며 이야기하고 계신 게 아닐까요?"

"가능성 있군."

문득 위해극의 표정이 굳었다. 급변하는 제자의 표정을 본 봉연후가 의아해하며 물었다.

"왜 그러느냐?"

"어, 성운의 기재 같은데요?"

"응?"

"느낌이 와요. 점점 가까워지네."

"…성운의 기재끼리는 그런 것도 알 수 있냐?"

"아마도요? 다른 애들이 어떤지는 모르겠는데 저랑 태사부님은 기파하고는 상관없이 서로를 느낄 때가 있거든요. 지금도 그런 느낌이에요."

곧 문이 열리면서 서하령이 나타났다.

"아저씨, 저 부르셨어요?"

"아저씨?"

귀혁을 부르는 그녀의 호칭에 위해극이 깜짝 놀랐다. 그리고 그녀의 얼굴을 본 다음에는 너무 놀란 나머지 그대로 굳어버렸다.

"어……."

"흠. 저 아이가 성운의 기재인가 보군."

"와아……."

"해극아?"

"우와아……."

위해극은 완전히 넋 나간 표정으로 서하령을 바라보고 있었다. 봉연후가 손을 들어서 눈앞에다 대고 흔드는데도 모르는 눈치다. 기가 막혀서 봉연후가 위해극을 한 대 쥐어박았다.

"정신 차려라. 왜 그래?"

"저렇게 예쁜 애 처음 봤어요."

"응?"

"그야말로 하늘이 내린 미모네요. 진짜 예쁘다……."

"……."

봉연후는 어이가 없어서 멍청한 표정을 지었다. 만날 여자

친구 사귀고 싶다고 노래를 부르는 위해극이지만 여자를 보고 이런 반응을 보이는 건 처음이었다.

'아니, 뭐 예쁘다는 건 인정하겠다만…….'

확실히 서하령은 봉연후가 봐도 눈이 확 뜨이는 미소녀였다. 열여섯 살이 된 그녀는 한창 피어나는 꽃봉오리와도 같아서 점점 어린 티를 벗고 성숙해져 가고 있었다. 한창 성장기 소녀만이 가질 수 있는 미성숙함과 성숙함의 경계에 선 그 불안정한 매력이 어떤 화백도 그림으로 그려낼 수 없는 살아 있는 아름다움을 자아낸다.

'그래도 이놈이 한 번에 홀리다니. 허 참.'

그렇게 생각하는데 위해극이 옷매무새를 바로 하더니 조심스럽게 서하령에게 다가갔다.

"안녕하십니까, 소저. 저는 윤극성에서 온 위해극이라 합니다. 무상검존 나윤극 태사부의 셋째 제자인 만검호(慢劍虎) 봉연후가 제 사부님 되시지요."

"아, 안녕하세요. 서하령입니다."

서하령은 위해극의 정중한 태도에 마주 인사했다. 얘가 왜 이러나 하는 표정이었지만 위해극은 알아차리지 못했다.

"아, 과연 이름도, 목소리도 얼굴만큼이나 아름다우시군요. 제가 많은 여성을 보아왔으나 소저만큼 빼어난 분은 처음입니다."

"아, 저기……."

서하령은 좀 당혹스러워했다. 열두어 살 정도로밖에 안 보이는 소년이 와서 느끼한 칭찬을 읊어대고 있으니 그럴 수밖에.

"도령께서는 무례한 분이시군요."

"네? 도, 도령이라니……."

위해극은 무례하단 소리를 들은 것보다 그녀가 자신을 부르는 호칭에 더 충격을 받았다. 서하령은 개의치 않고 눈살을 찌푸렸다.

"사람을 대하면서 이런 기파를 흩뿌리는 건 무례한 행동입니다. 일반인이었다면 파랗게 질려서 도망쳤을 거예요."

"아, 그, 그게… 이건 말이죠."

위해극이 당황해서 횡설수설 변명하기 시작했다.

"고의로 이러는 게 아닙니다. 제 체질이 좀 특이한지라 아직까지 아무리 노력해도 이 문제가 고쳐지지 않았습니다. 무공을 익혀서 어떻게든 해보려고 하고 있지만, 그게 잘 안 되어서… 어, 그러니까……."

위해극의 목소리는 갈수록 기어들어 가다가 결국 말문이 막히고 말았다. 안절부절못하던 그가 얼굴을 붉히며 말했다.

"그, 그러니까! 전 도령이라고 불릴 나이가 아닙니다!"

"풋."

그때 뒤에서 봉연후가 참지 못하고 웃음을 터뜨렸다. 위해극이 그를 째려보았다.

"사부님."

"큭큭, 아, 미안하다. 그, 근데 더 이상은 못 참겠어. 풋… 푸하하하하하!"

"……."

봉연후가 폭소하자 위해극이 울상을 지었다. 눈물이 찔끔 나도록 웃던 봉연후가 말했다.

"아가씨, 해극이는 그래 봬도 아가씨랑 동갑이야. 많이 어려 보이는 건 사실인데 같은 성운의 기재거든?"

"네에?"

서하령이 눈을 휘둥그레 떴다.

위해극은 키로 보나 앳된 얼굴로 보나 열두세 살 정도로밖에 보이지 않았다. 또한 그가 뿜어내는 기파가 워낙 특징적이라 성운의 기재끼리의 공명보다도 더 인상이 강했다. 그래서 서하령은 동갑내기일 거라고 생각하지 못한 것이다.

위해극이 창피함에 얼굴을 붉히며 해명했다.

"저, 저는 좀 특수한 핏줄을 타고난 탓에 나이보다 어려 보입니다. 그렇다고 해서 앞으로 성장을 안 한다거나 그런 건 아니고요."

"그렇군요……."

서하령은 알겠다는 듯 고개를 끄덕였다. 하지만 거의 무의식중에 형운과 위해극을 한 번씩 번갈아 바라보았다.

참고로 위해극의 키는 형운의 어깨까지밖에 오지 않았다.

"……."

위해극의 얼굴이 붉으락푸르락해졌다. 그 눈길이 무엇을 의미하는지 민감하게 알아챈 것이다.

짝짝!

그때 봉연후가 손뼉을 쳐서 분위기를 환기시키고는 말했다.

"자자, 환담은 일 끝나고 천천히 나누기로 하고… 해극아, 일단은 네 일에 집중해 주지 않으련?"

"으, 사부님……."

울상을 짓는 위해극에게 봉연후가 전음으로 말했다.

—거 첫인상을 그래놨으니 대련에서 멋진 모습이라도 보여줘야 할 것 아니냐.

—과연.

드물게 봉연후가 설득력 넘치는 소리를 하자 위해극의 눈에 다시금 생기가 깃들었다. 봉연후가 덧붙였다.

—하지만 저 아이도 성운의 기재라니 어지간한 활약으로는 안 될 게다. 전력을 다하거라.

—염려 놓으시죠. 이 제자의 진가를 보여 드릴 테니!

위해극이 의욕이 넘치는 눈으로 귀혁을 노려보았다.

귀혁이 앞으로 나섰다.

"의욕이 넘치는군. 그럼 내가 먼저 본을 보이도록 할까?"

사실 귀혁의 연배를 생각하면 여기서는 형운과 봉연후의 대련이 먼저 이루어지는 게 자연스럽다. 그런데도 먼저 나서는 건 다 이유가 있었다.

귀혁이 전음으로 말했다.

—잘 봐두거라. 만검호와 대련할 때 다치지 않는다는 목표를 달성하려면.

형운은 윤극성의 무공을 전혀 모른다. 그러니 일단 위해극을 보고 정보를 얻은 뒤 봉연후와 대련하는 편이 효과적이라고 판단한 것이다.

"잘 부탁드립니다!"

위해극이 쩌렁쩌렁 울리는 목소리로 말하고는 그와 마주 섰다.

10

위해극은 풍령국의 오지(奧地)에서 태어났다.

윤극성도 오지에 속하는 곳이지만 위해극이 사는 곳은 정말 사람의 발길 자체가 거의 닿지 않는 산속이었다. 어쩌나

외진 곳이었는지 마을을 이룰 정도로 사람이 많지도 않고, 산 곳곳에 움막을 짓고 사는 특이한 혈통의 사람들끼리 교류할 뿐이었다.

그곳에서 위해극은 아버지와 단둘이 살았다. 어머니가 없었던 이유는 위해극을 낳고 나서 얼마 되지 못해 세상을 떠났기 때문이다.

사람이라고는 거의 찾아볼 수 없는 산속을 돌아다니며 먹을 것을 찾고, 영수들과 교류하는 것이 전부인 삶이었다. 위해극의 아버지는 위해극에게 말과 글, 그리고 셈법 등을 가르쳐 주기는 했으나 기본적으로 스스로의 힘을 통제하며 자연 속에서 살아가는 것 이상을 요구하지 않았다.

그렇게 살고 있는데 어느 시점부터 갑자기 사람들이 찾아오기 시작했다.

때는 위해극이 열세 살 되는 해, 즉 성운의 기재들이 그 힘을 각성한 시기였다. 위해극 역시 예지를 좇는 기환술사들에 의해 그 존재가 밝혀져서 이런저런 세력들에서 그를 찾고 있었던 것이다.

어떤 이는 위해극을 어르고 달래서, 어떤 이는 진지하게 입장을 설명해 가면서 데려가고자 했다. 하지만 그들 중 누구도 위해극을 설득하지 못했다.

위해극은 산속에서의 삶에 큰 불만을 느끼지 못했던 것이다.

어떤 이들은 위해극을 무력으로 제압해서 데려가고자 했다. 하지만 그들은 별로 좋은 결과를 보지 못했다. 특별한 혈통을 타고난 위해극은 무공을 배우지 않았으면서도 산짐승들보다도 빠르게 산을 달릴 수 있었고 곰조차 일격에 쓰러뜨릴 수 있었기 때문이다.

물론 험난한 산중으로 찾아온 이들 중에서는 그런 위해극보다 훨씬 강한 고수들도 있었다. 하지만 그런 자들도 위해극의 부친이 나서는 순간, 자신들이 돌이킬 수 없는 실수를 했음을 깨달아야 했다. 무력을 쓴 자들 중에 살아 돌아간 자는 아무도 없었다.

그러던 어느 날, 봉연후가 찾아왔다.

11

"아이고 힘들어. 뭐 이런 데까지 들어와서 살고 그러나. 꼬마야, 네가 성운의 기재 맞지?"

위해극은 몸을 숨긴 채로 봉연후를 살피고 있었다. 그런데 그는 귀신같이 그 시선을 눈치채고는 신출귀몰한 움직임으로 따라붙었다. 위해극은 도망치려고 했지만 그의 움직임조차 볼 수 없었던 데다가, 위협하는 기세가 없어서 일단 상황을 살피고 있었다.

위해극이 대답이 없자 봉연후가 그를 위아래로 살피며 물었다.

"성운의 기재 아니냐? 아, 혹시 말을 못 하나? 그럼 곤란한데……."

산중이라 바람이 찬데도 이때의 위해극은 짐승 가죽으로 대충 몸을 가리고 있을 뿐이었다. 별로 사람다운 삶을 사는 것으로 보이지 않았는지라 위해극이 그런 의심을 품을 만도 했다.

위해극이 대답했다.

"말은 할 수 있고요. 성운의 기재가 맞을걸요? 다들 그랬으니까."

"아, 그래? 말을 할 수 있다니 다행이구나."

"그게 왜 다행인데요?"

"말을 못 하면 처음부터 말을 가르친 다음에, 내 말을 알아들을 수 있게 되었을 때 설득해야 하는데… 아우, 생각만 해도 귀찮아. 그 귀찮음을 생략할 수 있게 되었으니 얼마나 다행이야?"

위해극이 봉연후에게 호감을 품기 시작했다면 아마 이 순간이었을 것이다. 그는 설령 위해극이 짐승처럼 자라서 말을 몰랐더라도 힘으로 위압할 뜻이 없었던 것이다.

봉연후가 물었다.

"나랑 가지 않겠냐? 난 봉연후라고 하는데 윤극성이라고… 음, 바깥세상에서는 아주 끝내주게 유명하고 잘나가는 곳에서 왔다. 다른 사람들이 찾아왔었다니 하는 말인데, 걔네 다 우리랑 비교하면 불면 날아갈 거 같은 시시한 애들이야. 내 사부님은 무상검존 나윤극이라고 하는데 세상에서는 그분을 가리켜 천하제일검객이라고 하지."

"싫은데요."

"어, 싫은 거야? 천하제일이 될 수 있는데 그래도 싫어?"

"아저씨 천하제일 아니잖아요?"

"그럼. 물론 아니지. 우리 사부님이 천하제일이지."

"천하제일인 사람이 왔으면 좀 생각해 봤을지도 모르겠는데, 아저씬 우리 아빠보다 약해 보여서 싫어요. 무공 같은 거 익혀봤자 우리 아빠보다 세질 수도 없을 텐데요 뭐."

"응? 너네 아빠가 어떤 분이시길래……."

의아해하던 봉연후는 매우 귀찮아하면서 머리를 벅벅 긁어댔다.

"어쨌든 거절한다니 어쩔 수 없군. 그럼 그냥 가… 면 사부님이 나를 매우 아프게 패시겠지. 야, 나 너 설득해야 되는데 당분간 집 근처에 머물면 안 되겠니? 사례로 이걸 줄게."

봉연후는 봉인된 상태에서도 좋은 향이 솔솔 풍기는 술병을 내밀었다. 나중에 안 거지만 굉장히 귀한 술이었다.

위해극이 그 술에 관심이 생겨서 손을 내미는 순간, 갑자기 나타난 손길이 그걸 가로채 갔다.

"흠, 향만 맡아봐도 멋진 술이군. 여기 원숭이들이 빚은 술하고도 비견할 만하겠는걸?"

"…어라, 뉘십니까?"

봉연후가 깜짝 놀랐다. 어쨌거나 그는 나윤극에게 무공을 배운 고수다. 그런데 이 남자는 그런 그조차 눈치채지 못할 정도로 갑작스럽게 나타난 게 아닌가?

그가 씩 웃으며 위해극을 가리켰다.

"얘 아빠."

"아, 그렇군요."

척 봐도 그러하리라는 예상이 드는 외모였다. 겉으로 보기에는 20대 중후반 정도의 단정하고 잘생긴 청년이었지만 눈처럼 하얀 백발에 푸른 눈동자, 그리고 가까이 있기만 해도 짓눌릴 것 같은 거대한 위압감은 그가 범상치 않은 존재임을 알 수 있게 했다.

"처음 뵙겠습니다. 윤극성에서 귀하의 아드님을 제자로 삼고자 하는 뜻으로 온 사자 봉연후라고 합니다. 윤극성주, 무상검존 나윤극의 셋째 제자이기도 하죠."

"윤극성이라. 그 환마왕이 지배하던 땅 개척해서 지은 성 맞지?"

"맞습니다."

"거기가 벌써 강호 최강이니 뭐니 할 정도로 컸나? 나윤극이라는 이름 석 자는 들어본 적이 있지만 천하제일검객이라는 소리는… 아, 뭐 내가 여기 들어온 게 20년 전이니 그럴 수도 있겠군."

겉모습으로 보면 20대로밖에 안 보이는 그였지만 20년이라는 세월을 이야기하는 태도는 너무나도 자연스러웠다. 그가 물었다.

"흠. 어디 자네 무공 좀 보여주겠나?"

"보여 드리는 거야 어렵지 않은데… 어떻게 말입니까?"

"나한테 덤벼봐. 전력으로."

"전력으로요?"

"그래."

"괜찮겠습니까?"

"안 괜찮으면 곧바로 애를 데려가도 좋다."

"그렇다면야."

봉연후는 사양하지 않고 전력으로 무공을 펼쳤다.

그리고 몇 수 버티지도 못하고 무릎을 꿇었다.

"크억……."

"제자의 수준이 이 정도면 천하제일검객 맞을지도 모르겠는데? 직접 본 적은 없지만 놀랍군. 하긴 운으로는 환마왕을 못 잡지."

봉연후의 무공은 지금까지 찾아왔던 이들과는 비교도 안 되었다. 만검호, 즉 게으른 검호라는 불명예스러운 별호를 갖고 있기는 하지만 과연 무상검존의 제자라 할 만한 실력이었다.

더 놀라운 것은 봉연후가 전력으로 무공을 펼쳤음에도 주변에 피해가 거의 없다는 점이다. 모든 공격의 위력을 남자가 압도적인 힘으로 죽여 버렸기에, 본래대로라면 반경 수십 장이 초토화되었을 파괴력의 향연이 허무하게 스러졌던 것이다.

위해극이 우쭐해하며 말했다.

"어때요? 우리 아빠가 제일 세죠?"

"으, 으그그극……. 다쳐서 힘들어하는 사람 두고 아빠 자랑을 하다니. 어쨌거나 엄청 세시구나. 그래도 우리 사부님이 더 셀걸."

"헤헹. 일방적으로 당해놓고 무슨."

"아니, 그의 말이 사실일 수도 있다, 해극아."

"네에?"

아비의 말에 해극이 눈을 동그랗게 떴다. 그보다 강한 사람이 세상에 있다는 건 믿을 수가 없었다. 이 산중에는 엄청 무시무시한 영수들이 잔뜩 살지만 그들 모두 감히 아비 앞에서는 경거망동하지 못하고 굽신굽신하지 않던가?

하지만 아비는 시원스럽게 인정했다.

"인간은 백 년도 못 사는 작은 생명이지만, 그 짧은 시간 동안 격동적으로 변화하며 눈부시게 빛나고는 하지. 인간의 몸으로 천하제일을 논할 정도라면… 그래, 이 아비를 뛰어넘었을 수도 있다."

그는 껄껄 웃으며 돌아섰다.

"술은 받아두지. 한동안 머물면서 해극이를 설득해 보도록. 하지만 편의는 못 봐주니 먹고 자는 건 알아서 해결하고."

"…하, 하하. 어르신께서는 허락하시는 겁니까?"

"그 아이는 사람의 자식으로 태어났다. 사람으로서 살아가고 싶어 한다면 그 선택을 존중해야지. 하지만 그 선택을 이끌어내려면 사람의 세상이 그만큼 매력적임을 보여줘야 할 것이다."

"그렇게 말씀하시니 제가 순수하고 고고한 아드님을 반드시 문명의 독으로 타락시켜 보이겠습니다."

"하하하. 그 독 무섭지. 나도 타락했었으니. 뭐, 잘해보게."

그렇게 보름이 지난 후, 위해극은 봉연후의 설득에 넘어가서 바깥세상으로 나가게 되었다. 봉연후는 인간 세상의 매력에 대해서 많은 이야기를 해주었으니 그중 결정적인 것은 그가 보여준 절세가인의 그림이었다.

'바깥세상에는 이렇게 예쁜 여자들이 발에 채이도록 많단다.'

산중의 짐승들은 자신을 두려워하고, 겉모습만은 또래로 보이는 영수의 여아들은 다들 제짝이 있는 현실이 불만이었던 위해극은 그 말에 홀라당 넘어갔던 것이다.

12

즉 위해극은 형운만큼이나 무공에 늦게 입문했으며, 수련 기간도 짧았다.

하지만 성운의 기재는 무공을 위해 태어났다고 해도 과언이 아닐 정도로 괴물 같은 재능의 소유자들이었다.

쉬쉬쉬쉬쉬!

나윤극의 무공 천극무상검(天極無想劍)을 연마한 위해극은 두 자루의 검을 들고 쌍검술을 펼쳤다. 왼손과 오른손이 마치 별개의 인물이 쥔 것처럼 변화무쌍하게 움직이면서 연계되는데, 심지어 익숙해질 만하면 호흡이 바뀌기까지 하니 도저히 그 변화를 쫓기 어려웠다.

"와, 빠른데?"

하지만 관전 중인 형운은 엉뚱한 데 감탄하고 있었다. 서하령도 마찬가지였다.

"확실히 속도만이라면 나보다도 빠르네."

신공절학을 터득한 무인은 초인, 내공이 받쳐 주는 그 움직임은 당연히 일반인의 상상을 초월할 정도로 빠르다. 그러니 형운이나 서하령이 말하는 빠르고 느림의 기준은 일반인이 이야기하는 것과는 완전히 달랐다.

특히 서하령은 형운보다 내공은 얕지만 영수의 피를 이어받아 타고난 신체 능력이 일반인과는 비교도 할 수 없다. 거기에 내공의 힘과 무공의 수련이 더해지니 순수하게 완력과 움직임의 속도만으로는 웬만한 고수들 뺨친다.

그런데 위해극은 그런 서하령보다도 빠르다.

일격 일격이 빠르다.

힘을 발하고 거둬들이는 것이 빠르다.

여러 동작을 연계해 변화를 일으키는 것이 빠르다.

상대의 움직임에 반응하는 것이 빠르다.

즉 무인에게 요구되는 모든 빠르기를 종합적으로 갖추고 있었다. 도저히 어린 소녀의 수준이라고 할 수 없다.

파파파파파파!

질풍노도와 같은 맹공이다. 쌍검이 변화무쌍하게 펼쳐지

며 허공에 무수한 잔영이 남고 그 궤적으로부터 날카로운 기파가 퍼져 나가서 대기를 난도질하니 광풍이 휘몰아친다.

그러나 정작 그 맹공을 받는 귀혁은 마치 산책이라도 하듯 평온했다. 그 자리에서 한 걸음도 움직이지 않고 그 모든 공격을 물 흐르듯이 흘려 넘긴다.

어느 순간 귀혁이 반격했다.

쾅!

폭음이 울리며 위해극이 뒤로 튕겨 나갔다.

"우와."

위해극은 전신의 솜털이 곤두서는 것 같았다.

귀혁에게서는 전혀 위압감이 느껴지지 않는다. 위해극에게 긴장을 풀고 제 기량을 발휘하라고 배려하는 듯이 모든 기파를 숨겨 버리고 한동안 방어에만 매진했다.

하지만 실제로 공격해 들어가고 보니 오히려 그 조용함이 섬뜩하다.

'세상에. 기파를 전혀 읽을 수가 없잖아? 뭐 이런 사람이 다 있지?'

특별한 혈통을 타고난 위해극의 기감은 일반 무인의 그것과는 격이 다르다. 봉연후는 물론이고 심지어 나윤극조차도 일반적인 움직임에서는 위해극을 상대로 완전히 기파를 감추지 못한다.

기의 요동침, 그리고 그가 움직이는 방향과 질…….

아무리 사소하더라도 기파를 포착한다는 것은 상대의 움직임을 예측하는 데 도움을 준다. 고수일수록 기감이 뛰어나기 때문에 기파를 감추기보다는 일부러 잘못된 정보를 줘서 혼선을 일으키는 것을 고등 수법으로 삼게 마련이다.

그런데 귀혁은 마치 위해극의 재주를 사전에 알고 있었던 것처럼 기파를 철저하게 감췄다. 방어할 때는 물론이고 공격하는 순간에도 기파가 전혀 느껴지지 않아서 자기 앞으로 손바닥이 날아드는 것이 실감 나지 않았을 정도다.

오히려 일반적인 무인이라면 위해극보다는 쉽게 막았을 공격이다. 하지만 기감이 지나치게 뛰어난 위해극은 기감의 감지가 막히자 눈앞에서 일어나는 현상도 실감하기 어려워졌다.

귀혁이 물었다.

"괜찮은가?"

"아, 죄송합니다. 너무 세련된 기술이라 잠깐 넋을 잃었어요."

위해극이 솔직하게 감탄했다. 그의 우측 상반신 옷이 너덜너덜해져 있었다.

'은신술이면 그거대로 티가 나는데… 도대체 어떻게 이런 게 가능하지?'

마곡정이 즐겨 쓰는 '정면에서 은신술 쓰기'의 의도는 기파를 숨겨서 상대의 감각에 혼선을 일으키고자 함이다. 하지만 위해극은 은신술을 쓰면 쓰는 대로 그 이질감을 짚어낼 수 있었다.

'이게 감극도인가? 봐도 이해할 수 없을 거라더니 진짜잖아?'

여기 오기 전, 나윤극이 위해극을 불러서 당부했다.

'그자의 감극도는 천하제일의 무공을 논한다면 반드시 그 후보로 올라갈 만한 절세의 무공이며, 어떤 재능의 소유자라도 이론적인 가르침 없이는 그 요체를 꿰뚫어 볼 수 없을 게다.'

'에이, 그런 무공이 세상에 어디 있어요? 전 태사부님 무공도 보면 다 아는데요? 가진 것이 부족해서 재현할 수 없을 뿐이죠.'

'호오, 다 이해한단 말이냐?'

'헤헤. 솔직히 다냐 하면 그건 아니고… 하지만 당장 다 알지는 못해도 최소한 어떻게 하면 거기에 도달한다는 건 알아요. 무공에서 완전히 불가해한 경지라는 건 존재하지 않는다는 게 제 생각입니다.'

'하하하. 세상 사람들이 듣는다면 오만하기 짝이 없다고 할 게다.'

'사부님한테 만날 듣는 소리가 그건데요.'

'하지만 난 이해한다. 나도 너처럼 생각했던 때가 있었지. 아마 너는 나보다 재능 면에서는 더 뛰어나니 그렇게 생각하는 것도 당연해. 하지만… 알게 될 거다. 보아야만 알게 되는 것도 있는 법이지.'

그리고 그 말은 사실이었다.

분명히 눈앞에서 펼쳐지는데도 알 수가 없다. 어떤 식으로 기를 감추는지, 어떤 식으로 자신의 움직임을 예측하고 반응하는지… 기파를 읽을 수 없고 골격이나 근육의 움직임만으로 통찰하면 전혀 다른 결과가 나온다.

얼굴이 붉게 상기되어 웃는 위해극에게 귀혁이 말했다.

"재미있나 보군."

"어, 솔직히 그래요. 엄청 재밌네요. 어르신, 태사부님 이후로 최고예요."

무공의 세계에 입문한 뒤, 처음으로 이해할 수 없는 미지를 만났다. 위해극은 신나서 어쩔 줄 모르고 있었다.

"극찬이긴 한데 검존을 끼워 넣어서 감점이네. 그리고 슬슬 전력을 다하는 게 좋지 않겠나?"

"아, 들켰나요? 그래도 전력 다한 거 맞는데. 무인으로서는 말이죠."

"뭐 적당히 놀다 가고 싶은 거라면 그렇게 해도 나는 상관

없다네. 하지만 그런 게 아니지 않나?"

"그렇긴 하네요. 그럼 조심하세요. 건방진 소리긴 하겠지만……."

위해극이 눈을 부릅떴다. 동시에 그의 몸에서 광풍이 휘몰아치기 시작했다.

후우우우우우!

"뭐야, 이 바람은?"

형운이 깜짝 놀라서 뒷걸음질 쳤다. 위해극의 몸을 감싸고 바람이 휘몰아치더니 등 뒤에 희미한 회백색 그림자 같은 것이 거대한 짐승의 형상으로 아른거리는 게 아닌가?

하지만 귀혁은 재미있다는 듯 웃을 뿐이었다.

"역시. 풍혼아(風魂牙)의 혈통이군."

"알고 계셨어요?"

"신수의 일족과는 좀 인연이 많은 터라 그 기질에 익숙한 편일세."

신수 풍혼아(風魂牙).

중원삼국 중 풍령국의 황실을 수호하는 신수이며 운룡족처럼 다수의 일족이 있었다.

즉, 위해극의 아비가 풍혼족의 일원이며 위해극은 그 혈통을 이어받은 것이다.

"신수의 일족과 인간의 혈통이라니… 아마 100년 내로는 태어나지 않았을 텐데."

"아, 아버지 말씀으로는 제가 270년 만에 처음이라던데요? 아버지도 깜짝 놀라셨고 일족의 어르신들이 와서 황실로 복귀하라고 난리도 아니었다고……."

"허허, 그랬군."

신수의 일족 중에는 때로 일족의 사명을 저버리고 대신 그 신성(神性)을 봉한 채 세상에서 살아가는 이들이 있었다. 이들은 대체로 천상에서 인세를 굽어보는 데 만족하지 못하고 세상의 일원으로 살 욕망을 품은 자들이다.

이들은 영수들이 그러하듯이 인간으로 위장하고 살아가다가 인간과 사랑에 빠지곤 하였는데, 그 사이에서 자손이 태어나는 경우는 정말 보기 드물었다. 영수와 인간이 결합하는 경우와 달리 아예 자손이 태어나기 힘들기 때문이다.

귀혁이 말했다.

"이번 세대의 성운의 기재들 중에서는 하령이가 가장 특이한 존재라고 생각했는데 놀랍군. 잠재력만으로 보면 자네가 제일이겠어."

"하지만 무인의 강함이란 잠재력만으로 논할 수 있는 게 아니라는 거, 알고 있습니다. 태사부님이나 어르신 같은 분도 계시니까요."

위해극은 자신의 재능이 귀함을 알고 있었다. 하지만 동시에 정상에 오르는 게 재능만으로 되는 일이 아님도 잘 알았다. 그저 남들보다 더 유리한 출발선에 섰을 뿐이다.

위해극이 물었다.

"그런데 여기 괜찮을까요? 제가 전력을 다하면 무너질 수도 있는데……."

어리기는 하지만 신수의 피를 일깨운 위해극이 발하는 힘은 무시무시하다. 무공을 익히는 과정에서 자신의 몸에 인간과는 비교도 안 되는 어마어마한 선천진기(先天眞氣)가 있음을 깨닫고 그것을 활용하는 법을 익히니, 이미 걸어 다니는 재앙이라 불릴 수준이었다.

귀혁이 말했다.

"자네가 지닌 힘의 몇 배를 내도 괜찮게 만들어놨으니, 어디 전력을 다해보게."

"어르신이 그렇게 말씀하시니 사양하지 않겠습니다. 제가 전력을 다할 수 있는 상대가 그리 많진 않거든요!"

후우우우우우!

위해극을 중심으로 휘몰아치는 바람이 점점 강해졌다. 그리고 놀랍게도 바람의 방향이 뒤틀리더니 검을 중심으로 원뿔형으로 회전한다. 형운이 경악했다.

"세상에. 저런 게 된단 말야?"

풍혼아의 혈통을 이어받은 위해극은 바람을 자유자재로

다룰 수 있었다. 자연상에서는 찾아볼 수 없는 현상을 일으키는 것조차 가능한 것이다.

"재미있군."

동시에 광풍혼을 전개, 푸른 기류가 그의 몸을 휘감았다.

다음 순간 위해극이 광포한 바람의 뿔을 찔러 넣었다.

꽈아아아아앙!

폭음이 울리며 지하 연무장 전체가 뒤흔들렸다.

하지만 폭발이 일어난 지점은 귀혁이 있는 곳이 아니라 한참 뒤쪽의 벽이었다. 바람의 뿔이 날아드는 순간, 귀혁이 광풍혼을 휘감은 팔을 슥 내밀어서 그 방향을 비틀어 버린 것이다.

"와아악!"

위해극이 비명을 질렀다. 귀혁은 바람의 뿔의 궤도를 비틀었을 뿐만 아니라 절묘하게 힘을 가해 그 흐름을 급가속시켰다. 그러자 기류를 제어하던 위해극의 몸이 거기에 빨려들어가듯이 날아서 핑글핑글 돌았다. 마치 사슬에 달린 철추를 붕붕 휘두르다가 그 무게와 기세에 끌려가는 듯한 형국이었다.

당황하면서도 위해극은 곧바로 균형을 바로잡았다. 자신과 연결된 바람을 끊고 허공에서 몸을 회전시키며 검으로 대기를 찢었다.

파파파파파!

그러자 그 궤도로부터 날카로운 진공의 칼날이 발생해서 귀혁을 노렸다.

파파파파파파!

눈에 보이지도 않는 진공파인데 귀혁은 전혀 개의치 않았다. 조금 전, 위해극이 공격할 때와 다를 거 하나도 없다는 듯 여유로운 손놀림으로 흘려 넘긴다.

쾅!

귀혁을 비껴간 진공파가 외곽의 기둥에 충돌, 폭음이 울려 퍼지며 지하 전체가 뒤흔들렸다.

콰쾅!

뒤이어 또 다른 진공파가 아슬아슬하게 봉연후가 있는 자리 옆을 스쳐 가서 폭발했다.

"젠장! 이거 너무 요란하잖아!"

형운이 주변을 폭격하듯이 연쇄적으로 폭발하는 진공파를 보며 호들갑을 떨었다. 그 여파로 충격파가 발생하고 광풍이 휘몰아치는 건 가볍게 막아내고 있었다.

"야! 서하령! 너도 좀 막아!"

"어머나, 나처럼 내공도 얕고 가녀린 여자에게 이런 일을 시킬 셈이야?"

"누가 가녀려?"

서하령은 형운의 뒤에 숨어서 놀고 있었던 것이다. 형운은 이를 갈면서도 바쁘게 손을 놀릴 수밖에 없었다.

그것을 본 위해극의 눈에서 불똥이 튀었다.

'저놈은 성운의 기재도 아닌 주제에 저런 아리따운 소저의 시선도 독차지하고 저렇게 친밀하게 말도 나누다니!'

…위해극은 타고난 체질 때문에 여태까지 고수 아닌 여자와는 친밀한 말조차 나눠본 적이 없었다. 은근히 불쌍한 삶이라고 할 수 있겠다.

'이 일격으로 서 소저의 시선을 내게로 빼앗아 오겠다! 간다!'

위해극은 신수의 힘과 윤극성의 무공을 합친 절초를 펼쳤다. 원뿔형으로 검을 감싼 바람이 더욱 기세를 더해가는 가운데, 발차기로 허공에다 진공파를 일으킨 뒤 그 뒤를 쫓아간다.

쉬이이익!

휘몰아치는 바람이 갈라지면서 일시적으로 진공이 발생, 그 뒤를 쫓는 위해극의 움직임이 거기에 빨려들어 가듯이 가속했다.

후우우우우우!

그 속에서 귀혁은 웃고 있었다.

"재미있군!"

파아아아앙!

위해극의 우검이 귀혁의 왼손에 막혔다. 겹쳐진 진공파를 타고 변화무쌍한 궤도로 가속했는데 귀혁은 그리로 올 줄 다 알고 있었다는 듯 쉽게 막아버렸다.

이미 공격이 읽혔다는 것을 안 위해극이 검을 떼고 물러나려고 했지만 뜻대로 되지 않는다. 마치 귀혁의 손바닥이 자석이라서 검이 붙어버린 것 같다. 귀혁이 손바닥을 둥글게 움직이면서 절묘한 힘의 배분으로 위해극이 빠져나가는 걸 막는다.

그것은 고수가 무게중심과 힘의 배분에 대해서 설명할 때 손바닥에 새를 올려두는 것과도 비슷하다. 새가 날아오르려는 순간 손바닥을 움직여서 박차고 날아오르는 힘을 막음으로써 새를 손바닥 위에서 꼼짝도 할 수 없게 만드는 수법.

위해극이 당기려는 순간 밀고, 밀려는 순간 당기고, 휘두르려는 순간 살짝 마주 밀어서 힘을 흐트러뜨린 다음 다시 당기고…….

완전히 움직임을 읽히고 있었다. 위해극 역시 힘의 맥을 짚는 데는 천부적인 감각을 타고났지만 귀혁 앞에서는 옴짝달싹도 할 수 없었다.

'와, 이분 진짜 태사부님이랑 비교해도 안 떨어지네!'

무상검존 나윤극은 종종 서로 검을 얽은 상태에서 위해극을 이런 식으로 농락했다. 그런데 귀혁은 맨손으로 같은 일을 하고 있는 것이다.

귀혁에게 매달려서 허우적대는 형국으로 농락당하던 위해극은 다른 방법으로 상황을 타파하고자 했다. 신수의 힘으로 바람을 일으켜서 벗어나는 방법이었다.

그러나…….

'이, 이럴 수가 있나?'

귀혁은 그것조차도 허락하지 않았다. 바람을 일으키려고 하면 절묘하게 진기를 주입해서 기맥에 약간의 부하를 주는 것만으로 아무것도 못 하게 만들었다.

결국 위해극은 두 손 들고 말았다.

"졌습니다!"

"수고했네."

귀혁이 빙긋 웃으며 위해극을 놓아주었다.

13

위해극은 서로 붙은 채로 농락당한 후로도 꽤 오랜 시간을 버텼다. 일각(15분) 동안이나 귀혁에게 붙은 채로 상황을 타파해 보고자 애썼던 것이다.

남들이 보면 볼썽사나웠지만 그 시간 동안 위해극은 웃고 있었다. 진정 극치에 달한 달인의 기술을 만났다는 사실에,

자신이 모르는 미지의 기술들을 체감하는 상황이 즐거워서 어쩔 줄 몰랐다.

그래서 손도 발도 못 쓰고 패했지만 기분이 좋았다. 물론 그것도 봉연후가 한 마디 하기 전까지였지만.

"야, 너 엄청 꼴사나웠다."

"…어?"

"멋진 모습을 보여주긴커녕 무슨 떼쓰는 삼척동자를 어르신이 어르고 달래는 듯한 모습이더만."

"으악……."

위해극이 울상을 지었다. 귀혁이랑 겨루는 것에 몰입한 나머지 서하령에게 멋진 모습을 보여주겠다는 당초의 목표(?)를 까맣게 잊고 있었다. 슬쩍 서하령을 바라보니 그녀는 이쪽은 아예 신경도 안 쓰고 귀혁을 보면서 눈을 반짝반짝 빛내고 있었다.

봉연후가 그런 제자의 머리를 쓰다듬어 주며 물었다.

"공부는 잘 했냐?"

"으, 그건 잘 했어요."

위해극은 비로소 왜 나윤극이 이 먼 곳까지 그를 보내어 대련하게 했는지 알 수 있었다. 잠깐 귀혁을 상대해 본 것만으로도 위해극이 그동안 잡아두고 있던 세계의 틀이 와장창 부서져 나갔다.

봉연후가 말했다.

"그럼 이번에는 내 차례로군. 귀찮지만 힘 좀 써볼……."

"아, 그거 말인데. 만검호, 내가 제안을 하나 하고 싶네만."

"네?"

"자네 제자와 내 제자를 붙여보지 않겠나? 대신 자네는 대련해 주지 않아도 좋고."

"어, 그래도 되겠습니까?"

봉연후가 떨떠름한 기색으로 물었다. 귀찮은 일을 안 해도 되는 거야 좋지만, 무슨 꿍꿍이속으로 그러는지 모르겠다.

'제자한테 동세대 최강의 기재의 무공을 체감시켜 줄 생각인가?'

형운에 대해서는 강호에 알려진 바가 별로 많지 않다. 폭풍권호는 유명하지만 별의 수호자의 영성 귀혁은 그렇게까지 명성이 높지 않으니 당연한 일이다.

황제 앞에서 이루어진 대련도 외부로는 알려져 있지 않았기에 형운은 유명세하고는 거리가 멀었고 아직 별호도 붙지 않았다. 별의 수호자의 후기지수 중에 대외적으로 유명한 것은 어디까지나 성운의 기재인 서하령이었다.

게다가 봉연후는 풍령국 사람이다 보니 더욱 정보가 적었다. 그나마 알고 있는 건 형운이 귀혁의 제자가 된 지 3년이 지났을 뿐이며 그전에는 무공을 전혀 모르는 일반인이었다는 것이다.

'어차피 우리 무공을 체감시켜 주고 싶어서 나랑 붙이려는 거였을 텐데… 흠, 뭔 꿍꿍이인지 알 수 없군. 그냥 늙은이가 해극이 상대해 보고 흥이 나서 저러나?'

형운이 아까 위해극이 일으킨 진공파를 막는 솜씨를 보니 생각보다는 한 수 재간이 있는 것 같다. 그렇다고 해도 위해극의 상대가 될 리 없을 텐데… 차라리 서하령과 붙여보자면 모를까, 왜 이런 제안을 하는 것일까?

'에이, 모르겠다.'

결국 봉연후는 생각하기 귀찮아서 대충 넘어가기로 했다. 자기가 붙으나 위해극이 붙으나 뭐가 다를까?

"해극아, 다치게 하지 마라."

"걱정 마세요. 제가 애들하고 놀아주는 건 아주 잘하니까요."

"애들하고 놀아줘? 네가 언제?"

봉연후가 어리둥절해했다. 위해극은 타고난 체질 때문에 애들이 무서워하며 피해 다녔지 같이 놀지 않았던 것이다. 하지만 위해극은 당당했다.

"사부님 따라오기 전에요. 새끼 곰이나 호랑이나… 뭐 영수 애들 상대로도 엎치락뒤치락하면서 많이 놀았어요."

"…야, 그거 내가 말한 '애들하고 놀아준다' 하고는 의미가 전혀 다르지 않느냐?"

봉연후가 어이없어했다.

한편 형운은 투덜거리고 있었다.

"아니, 사부님. 제가 무슨 수로 저런 놈을 상대해요. 걸어다니는 풍운조화(風雲造化) 발생기구만!"

"신수의 힘은 쓰지 말라고 할 테니 걱정하지 않아도 될 게다."

"진짜 걱정 안 해도 되는 거예요?"

"자신 없느냐?"

"당연히 자신 없죠."

"…그렇게 당당하게 대답하면 안 되는 거 아니냐?"

"주제 파악하라면서요? 아니, 다른 것보다 안 다칠 자신이 없단 말이에요. 저분 상대라면 그래도 대충 살살하면 될 것 같았는데!"

"네게 그런 꿍꿍이가 있었다니 내 선택이 아주 탁월했구나."

"아이고 내 팔자야."

형운은 심호흡을 한번 하고는 앞으로 나섰다. 그러자 왠지 곰곰이 생각에 잠겨 있던 서하령이 조용히 입을 열었다.

"아저씨, 저 아이의 무공… 제 생각이 맞나요?"

"천라무진경이라면, 맞다."

"역시."

귀혁이 감극도 이전에 궁극을 추구하던 무공 천라무진경.

현재는 서하령에게 그 진전이 이어진 무공을 위해극도 쓰고 있었다.

귀혁이 말했다.

"검존의 천극무상검은 원래 다른 무공을 원형으로 두고 있다가 천라무진경을 손에 넣은 후 거기에 맞춰서 개량된 것이다."

천라무진경은 약 100여 년 전, 세상에 알려지지 않았던 기인이 창안한 무공이다. 하지만 명성을 떨치지 못하고 스러진 그들의 문파는 이 무공의 기반이 되는 이론과 철학을 정립했을 뿐, 하나의 무공으로 완성해 내진 못했다.

그 원형이 젊은 날의 귀혁과 나윤극의 손에 들어갔고, 둘은 독자적으로 그것을 완성해 나갔다. 하지만 귀혁은 어느 시점에서 천라무진경이 순혈의 인간을 위한 무공이 아니라는 결론에 도달, 자신이 이어받은 '성운을 먹는 자'의 연구에 그것을 합쳐서 감극도를 창안했다.

"하지만 검존의 천라무진경은 내 천라무진경과는 다르다."

그것은 이름과 원형이 같을 뿐 같은 무공이라고는 할 수 없다.

"검존은 결국 천라무진경을 순혈의 인간도 그 궁극을 추구할 수 있는 형태로 완성시켰지. 물론 지금 보니 저 아이는 애당초 천라무진경에 최적화된 자질을 가졌다고 해도 과언이 아니지만……."

"그럼 형운에게는 상당히 까다로운 상대겠네요."

"그래서 둘을 붙여보고자 한 것이다."

단순히 위해극이 강하기 때문에 둘을 붙여보고자 한 것이 아니다. 그가 무상검존의 천라무진경을 익히고 있기에, 그리고 그로써 현재 형운의 감극도가 지닌 약점을 공략할 수 있는 존재이기에 귀혁은 봉연후를 포기하고 위해극을 선택했다.

14

연무장 한가운데서 마주한 두 사람이 서로를 바라보았다. 조금 전까지 형운에게 거의 관심을 두지 않았던 위해극의 눈이 이채를 띠었다.

'이 녀석도 좀 독특한데?'

형운을 보고 있자니 기이한 느낌이 든다. 기파 때문이 아니다. 뭔가 다른…….

'성운의 기재는 아니고… 별 부스러기? 아니, 그것도 아닌데. 뭔가 닮은 듯 안 닮은 듯 처음 보는 느낌이네.'

아마 다른 사람은 알아보지 못할 것 같다. 성운의 기재만이 형운을 보고 이런 느낌을 받으리라.

고개를 갸웃거리는 위해극에게 형운이 말했다.

"별의 수호자 소속, 영성의 제자 형운이다. 잘 부탁해."

"윤극성 소속, 만검호의 제자 위해극이야. 잘 부탁해."

위해극은 가신우와 달리 예의 바르게 인사했다. 그리고 물었다.

"맨손으로 해도 괜찮겠어?"

서로의 진신무공을 겨루는 대련이니 검을 상대로 맨손으로 나선다면 그것 또한 존중해야 할 선택이다. 하지만 아직 기량이 미숙할 나이에 아무런 방호구도 없이 진검과 맨손으로 겨루는 게 무모해 보이는 건 사실이라 그냥 넘어갈 수가 없었다.

형운이 말했다.

"아, 그건 잠시만. 사부님, 어쩔까요? 그거 써도 되나요?"

"쓰도록 해라. 대련이니까."

"그럼……."

형운이 양팔을 들었다. 그러자 손목에 차고 있던 팔찌가 희미한 빛을 발하더니 급속도로 변화했다. 순식간에 양손부터 팔꿈치까지 감싸는 가죽 권갑이 완성되었다.

위해극이 눈을 반짝였다.

"우와, 멋있다아……."

"훗."

형운이 살짝 우쭐해했다. 자유자재로 변환하는 이 권갑은 남자들은 다들 부러워하는 기보였다.

"이러면 문제없지?"

"응. 그럼 간다."

먼저 움직인 것은 위해극이었다. 원래 무상검존의 천극무상검은 방어보다 공격으로 상황을 만들어 나가는 것을 우선시하는 무공이다. 상대방이 공격해 올 때까지 기다릴 이유가 없었다.

쉬쉬쉬쉭!

한순간에 거리를 좁힌 위해극의 쌍검이 현란하게 몰아친다.

하지만 최고 속도는 아니었다. 상대에게 닿기 전에 힘을 거두어들일 수 있는 여유를 둔 공세였다. 일단 형운의 실력을 보고 어느 정도까지 힘 조절을 할지 알아보기 위한 한 수였는데…….

'어?'

갑자기 눈앞에 주먹이 확 다가왔다.

파아아앙!

좌검이 완전한 호를 그리기 전에 형운의 주먹이 뻗어 나가면서 칼날을 쳐서 튕겨내 버렸다. 그리고 다른 손으로 우검을 밀어내면서 텅 빈 몸통에 발차기를 날리는데 맞았다가는 통째로 박살 날 것 같았다.

위해극은 가까스로 그걸 피했다.

"우와."

깜짝 놀랐다. 형운의 반응은 예상한 것을 훨씬 초월했다.

위해극이 물었다.

"왜 봐줬어?"

봉연후와 같은 이유로 위해극은 형운을 완전히 얕보고 있었다. 조금 전, 형운이 작심했다면 거기서 끝장을 볼 수 있었으리라. 하지만 그 한 수에는 분명히 위해극이 반응할 수 있도록 손속에 사정을 둔 것이 느껴졌다.

형운이 대답했다.

"대련이니까. 난 네 실력을 봤는데 넌 내 실력을 전혀 모르는 채로 허를 찔려서 한 방에 끝나는 건 불공평하지?"

"과연. 사과할게. 내가 좀 얕보고 있었……."

"…라고 우리 사부님께서 지시하셨다."

"엥?"

"사실 난 네가 무서워서 그냥 허점 보일 때 끝내고 싶었는데. 쩝. 평소에는 기회가 있을 때 끝장내지 못하는 건 바보나 하는 짓이라고 가르치시면서 이런 때는 멋대로시라니까."

"……."

위해극이 할 말을 잃었다. 눈을 껌뻑거리면서 형운을 바라보다가 있다가 쾌활하게 웃음을 터뜨렸다.

"푸하하! 야, 너 재밌다. 날 무서워하지도 않고."

"무섭다니까?"

"아니, 그쪽으로 말고. 내 체질 때문에 다들 날 무서워하거든. 근데 그건 아랑곳하지도 않네."

"아, 그건 너보다 훨씬 무서운 기파를 사시사철 접하는 몸이라."

형운이 피식 웃었다. 귀혁은 고수와 만났을 때, 요괴나 마수 같은 사악하고 강대한 존재와 만났을 때를 상정해서 기파에 눌리지 않는 훈련을 하고 있었다. 그러다 보니 위해극의 위압적인 기파 정도는 귀여운 수준이다.

"하긴 저런 분을 사부님으로 모시고 있으면 그렇겠네. 그럼 진짜로 갈게. 이제부터는 전력으로 하지."

"그래. 나도 마찬가지야."

후우우우우우!

형운이 광풍혼을 전개하자 푸른 기류가 몸을 휘감는다. 그것을 본 위해극의 표정이 변했다.

'내공이 굉장한데? 이거 설마 거의 장로님들급인가?'

흘러나오는 기파가 굉장하다. 또래는커녕 자기보다 나이

많은 사람들 중에서도 이만한 기파를 발하는 이는 드물었다.

봉연후도 놀랐다.

"저 나이에 저런 내공을?"

지금 흘러나오는 기파만으로 보면 내공이 6심인 봉연후 자신에게도 크게 뒤떨어지지 않는 수준이다. 위해극처럼 거대한 선천진기를 가진 이가 아주 어린 시절부터 수련했다면, 거기에 기연이나 비약이 더해졌다면 또 모를까 그러지 않고서 어떻게 저 나이에 저런 내공을 이룬단 말인가?

'그것도 무공에 입문한 시기가 해극이랑 거의 비슷한데?'

봉연후가 경악하고 있을 때, 한발 먼저 냉정함을 되찾은 위해극이 달려들었다. 처음부터 내공을 전력으로 전개하면서 쌍검술을 펼친다.

파파파파파!

형운이 양팔로 공격을 막아냈다. 하지만 불과 열 합이 지나기 전에 밀리기 시작했다.

'윽.'

감극도에 기반한 형운의 방어는 철벽이다. 방어에 한해서라면 동작의 빠르기도, 반응 속도도 위해극에게 뒤지지 않는다.

그러나 위해극은 진기의 수발이 형운보다 빨랐다. 또한 형운의 기파를 통해서 사전에 움직임을 예측하고 허점을 찾아냈다. 그래서 공방이 이루어질 때마다 미세하게 우위를 점하고 그게 누적되면서 눈에 띄는 차이가 나타난 것이다.

위해극은 신기해했다.

'얘는 그래도 기파가 읽히긴 하는데…….'

아직 형운의 감극도는 발전 도중이라 그런 것 같다. 하지만 여전히 그 요체를 파악할 수 없었다.

'도대체 어떻게 이런 반응이 가능하지?'

고수가 하수를 상대할 때는 상대의 감각을 혼란시키고, 원하는 반응을 유도해서 허점을 만든다. 위해극은 그 점을 충실하게 실천하고 있었다. 형운의 주의가 상단에 쏠리게 하면서도 미묘한 타점의 변화를 일으켜서 그것을 의심치 못하게 한다. 그리고 완전히 한쪽으로 쏠린 의식을 몸이 따라와서 결정적인 허점이 드러났을 때 그것을 찌른다.

그것으로 승부가 났어야 했다.

팍!

그런데 형운은 신기하게도 막아낸다.

분명히 주의가 상단에 쏠려 있고 양손이 다 위쪽에 묶인 상태라 막을 수 있는 공격이 아니었다. 설령 은밀하게 다가오는 공격을 알아차렸다고 하더라도 반응하기에는 늦었다. 눈으로 빤히 보면서도 몸이 따라갈 수 없는 상황이라 당할 수밖에 없는 허점 찌르기다.

즉 위해극은 감극(感隙)을 이용한다.

인간이 감각으로 파악하고, 그 정보를 머리가 인식하고, 다시 몸에 명령을 내려 움직이기까지의 과정에서 필연적으로 발생할 수밖에 없는 시간 차.

그 절대적인 허점을 찌르는데도, 거짓말처럼 형운의 손이 급가속하며 내려와서 공격을 막아낸다.

'이래서 감극도라고 하는 건가?'

도무지 원리를 알 수 없지만 어쨌든 정말 잘 지은 이름이다.

감극은 개개인마다, 정확히는 어떤 종이냐에 따라 다르다.

예를 들어 맹수는 인간보다 감극이 좁다. 인식하고 행동으로 옮기기까지의 반응이 무섭도록 빠르다.

인간 중에도 타고난 신체를 가진 자들이 있지만, 한계는 명백하다. 하지만 그 한계를 뛰어넘을 방법이 두 가지가 있었다.

하나는 특수한 혈통이다.

영수와의 혼혈처럼 독특한 태생은 선천진기가 크고 인식하고 반응하는 속도가 맹수처럼, 혹은 그 이상으로 빠르다.

또 하나는 무공이다.

내공을 연마하면 모든 것이 한계 이상으로 빨라진다. 무인이 인간의 한계를 초월한 속도로 움직이면서도 그것을 온전히 제어할 수 있는 것은 그만큼 감극이 좁기 때문이다.

하지만 그렇다고 해도 감극은 엄존한다. 위해극이 파악한 형운의 감극이라면 벌써 승부가 났어야 했다. 그런데 어떤 공격을 가해도 신기할 정도로 잘 막아내고 있었다.

물론 그건 위해극의 입장이고 형운 입장에서는 미치고 환장할 노릇이었다.

'이 녀석 대체 뭐야?'

다른 건 몰라도 방어 하나는 자신 있는 형운이었다. 다수와 싸울 때라면 모를까, 요즘은 귀혁과 싸울 때를 빼면 일대일에서 방어가 흐트러져서 허점을 보이는 경우가 없었다.

하지만 위해극을 상대하다 보니 손발이 어지러워진다. 지금까지 누구보다도 빠르게 반응할 수 있었고 무심반사경을 이용해서 행동에서 두 수, 세 수 앞서가는 여유를 부릴 수 있었는데 위해극을 상대로는 눈앞에 닥치는 걸 막기에 급급했다.

아예 내공의 격차를 이용해서 눌러볼까 했지만 그것도 안 된다. 위해극이 완벽하게 공간을 통제하고 있어서 거리를 벌리거나 진기를 증폭할 여유가 없었다.

'크! 중압진이라도 쓸 수 있었으면!'

형운은 지금 중압진을 봉인해 두고 있었다. 귀혁이 사전에 쓰지 말라고 지시를 내렸기 때문이다. 위해극이 천라무진경으로 감극도를 공략하는 상황을 제대로 체감케 하려는 의도였다.

"이익!"

계속해서 밀리던 형운이 어느 순간 이를 악물었다. 동시에 위해극의 눈이 빛났다.

'하나.'

형운의 오른팔에 위해극의 좌검이 비껴 나간다. 하지만 그건 위해극의 함정이었다. 강하게 찔러 들어가는 것처럼 위장해서 형운이 크게 휘두르도록 유도, 검과 팔이 닿는 순간 슬쩍 힘을 빼면서 검을 거둔다. 그로써 위해극은 균형을 유지하며 다음 공격 자세로 들어갔고 형운은 휘두른 팔을 멈추느라 자세가 흐트러졌다.

'둘.'

직후 위해극의 우검이 미끄러지듯이 같은 지점을 찌른다. 형운 입장에서는 오른팔을 거두기에는 이미 늦어서 무리해서라도 왼팔로 막아야 했다. 그리고 그 순간이 위해극이 노리는 허점이었다.

그러나…….

'어?'

자기 힘을 주체 못하던 형운의 오른팔이 거짓말처럼 되돌아와서 위해극의 우검을 막아낸다.

그뿐만이 아니다. 검면을 세차게 때린 뒤 한 치의 오차도 없이 위해극에게 죽 뻗어오는 게 아닌가? 닿지 않는 거리인 데다 기운을 축적할 틈조차 없었는데 그 끝에서 눈부신 기공파가 뻗어 나왔다!

"허억!"

위해극은 깜짝 놀라서 몸을 뒤틀었다. 유성혼이 아슬아슬하게 그의 몸통이 있던 자리를 스쳐 지나가고…….

콰!

형운의 왼 주먹이 위해극의 방어를 때렸다.

바위도 박살 낼 위력이었지만 위해극은 그것도 전혀 타격 없이 막아냈다. 그 순간에 몸에 힘을 빼고 자연체로 힘을 받아넘긴 것이다.

문제는 그다음이다. 형운이 마치 그럴 줄 알았다는 듯, 일체의 낭비 없는 움직임으로 따라붙으면서 발차기를 넣는 게 아닌가?

위해극이 혼비백산했다.

'이런 게 어디 있어!'

조금 전까지와는 천양지차의 움직임이었다. 오른팔이 불가능한 궤도로 돌아와서 검을 막은 직후 이 발차기까지, 형운의 공격은 그가 그전에 보여준 실력을 아득히 뛰어넘은 달인의 경지에 도달해 있었다. 군더더기가 전혀 없는 데다 기파의 흐름조차 읽히지 않고 심지어 진기 수발조차 몇 배나 빠르다.

'감극도 무심반사경—칠성연환격(七星連環擊)!'

경우의 수를 설정하고 거기에 대응하는 행동을 결정하는 감극도 무심반사경. 실로 무심의 경지로 공격하는 그 기술을 형운은 이미 일곱 수까지 연계해 펼치는 수준에 도달했던 것이다.

퍼엉!

폭음이 울려 퍼지며 흙먼지가 피어올랐다.

"…으으으으윽."

위해극이 신음했다. 그의 옷 오른쪽 어깨가 찢어져서 너덜거리고 있었다.

"와……."

한편 형운은 혀를 내두르고 있었다.

위해극은 놀랍게도 일곱 번의 공격을 모두 막아냈다.

조금 전에는 힘을 완전히 빼고 자연체로 들어갔다가 막 전환하려는 틈에 무심의 공격을 받았다. 이도 저도 못하는, 항상 위해극 자신이 노리던 감극을 제대로 찔렸다고 봐야 한다.

하지만 위해극은 진기 수발이 원활하지 않자 팔다리로 막아내는 걸 포기, 몸 전체를 미세하게 틀어가면서 곡예 같은 움직임으로 공격을 받아넘겼다. 형운의 공격을 비껴 맞음으로써 몸의 균형을 바꿔가면서 진기의 움직임을 조금씩 회복하더니 결국 일곱 번째에는 자세를 완전히 바로잡았던 것이다.

'세상에. 이놈 진짜 괴물이네.'

비슷한 상황에서 가신우는 손도 발도 못 쓰고 처맞았던 걸 생각하면 놀랄 수밖에 없다.

"거기까지."

귀혁이 대련 중단을 선언했다.

그럴 수밖에 없는 것이 두 사람은 서로 결정타를 날리기 직전에서 멈춰 있었다. 형운은 위해극의 몸통 바로 앞에서 주먹을 멈췄고, 위해극은 좌검의 칼날을 형운의 머리 옆에서 멈춘 상태다.

마지막 순간, 위해극은 자세를 바로잡긴 했지만 도저히 공격을 피할 수 없다는 걸 깨닫고 맞치기를 시도했다. 그 결과 무승부라고 할 수 있는 형태로 대련이 마무리되었다.

귀혁이 말했다.

"좋은 승부였다."

"아닙니다. 이 대련은 제가 졌어요."

검을 물린 위해극이 양손을 모으고 고개를 숙였다. 모두의 시선이 자신에게 향하자 이유를 설명한다.

"마지막은 자연스럽게 그렇게 된 것이 아니라, 제가 형운 공자의 마지막 일격을 피할 수 없는 상황이었기에 동귀어진(同歸

於盡)의 수를 펼친 거예요. 또한 형운 공자는 끝까지 대련임을 잊지 않고 몸통을 노린 데 비해 저는 여유가 없어 형운 공자의 머리를 노렸지요. 명백한 제 패배입니다."

겸허한 패배 선언이었다. 형운은 감탄했다.

'성운의 기재라서 이놈도 되게 오만하고 재수 없을 줄 알았는데 그렇지도 않네?'

그런 형운에게 위해극이 눈을 빛내며 말했다.

"너 대단하다. 마지막 연환기는 완전 최고였어. 그렇게 치고 나올 줄은 상상도 못했는걸."

패배를 인정한 위해극은 굴욕감을 느끼기는커녕 진심으로 흥미진진해하며 눈을 빛내고 있었다. 그 눈을 본 순간, 형운은 그가 자신과는 완전히 다른 태도로 무공을 대하고 있음을 알아차렸다.

'이 녀석은 정말로 무공을 즐기고 있구나.'

지금까지 만났던 그 어떤 사람보다도 무공을 익히길 즐기고 있다. 승부할 때는 진지하고 이기고자 하는 욕구도 강하지만, 그걸 떠나서 순수하게 새로운 무공을 접하는 것을, 상대와 무공을 겨루는 것 자체를 즐거워하는 것이다.

'무서운 녀석이군.'

형운에게 있어서 무공은 즐거움의 대상이 될 수 없었다. 무공을 터득함으로써 얻은 것이 희열을 주긴 하지만, 무공 자체에 대한 인상을 말하라면 매일매일 고행으로 삶을 채워 나가는 기분이다.

그렇기에 자신과 반대쪽 극단에 서 있는 위해극이 무서웠다.

위해극이 말했다.

"다음에 기회가 되면 또 붙자. 내가 높은 사람 되면 꼭 우리 성에 초대할게."

"기대하지."

대답하는 형운의 입가에는 왠지 쓴웃음이 걸려 있었다.

15

이런저런 이야기를 나누다가 두 사제가 지하 연무장에서 나가자 귀혁이 형운을 흘끔 보며 물었다.

"…괜찮으냐?"

"……."

그 말에 아무렇지도 않아 보였던 형운의 표정이 갑자기 일그러졌다. 마치 가면에 균열이 가는 것 같았다.

"괜찮을 리가 없잖아요. 아욱……."

고통스러워하는 형운의 오른팔이 덜덜 떨리기 시작했다. 그것을 본 귀혁이 혀를 차며 그 팔을 들고 어루만졌다.

"쯧쯧. 멀쩡한 척하느라 애썼다."

"아우우욱……."

궁지에 몰렸던 형운이 감극도 무심반사경—칠성연환격으로 상황을 반전시킨 것은 상당히 무리한 결과였다. 도저히 그렇게 움직일 수 없는 상황에서 무리해서 오른팔을 움직였고 그 결과 오른팔 근육과 기맥이 크게 상했던 것이다. 죽도록 아팠지만 위해극 앞에서 약한 모습을 보이기 싫어서 억지로 참고 있었을 뿐, 일단 허세를 걷어내고 나니 눈물이 찔끔 나왔다.

귀혁이 피식 웃었다.

"다시 봤다. 다치기 싫다더니 아주 솔선해서 몸을 상하게 하다니."

"아으윽……."

"하여간 남자들이란."

신음하는 형운을 서하령이 퍽 한심해하는 눈으로 쳐다보았다.

16

세상은 말한다.

강호에 수많은 영웅협객들이 있으나 그중에서도 열 명의

특출한 자들이 있으니 이존팔객(二尊八客)이라 한다고.

그 명칭에서도 알 수 있듯, 사람들은 이존과 팔객을 동급으로 놓지 않는다. 무상검존 나윤극을 천하제일검객이라 말하는 데 이견이 없으며 환예마존 이현은 세상에서 가장 신비로운 기환술사라고 이야기한다.

"새로운 환마왕이 나타날 것 같다던데 어떤가?"

풍령국 윤극성.

강호의 거대 문파이면서, 그것을 초월하여 황실에서 자치령으로 인정받은 땅.

이 땅의 지배자인 무상검존 나윤극은 달이 밝은 밤중에 자신의 방에서 한 사람을 손님으로 맞이하고 있었다.

나윤극이 코웃음을 쳤다.

"여전히 귀가 쓸데없이 밝으시군요."

"돌아다니다 보면 이런저런 소식이 들리니 말이지."

놀랍게도 나윤극은 그 손님을 어른 대접하고 있었다. 한 성의 지배자인 그가 이런 태도로 대하는 사람은 정말 드물다.

"이제 슬슬 인세에 신경 끄시고 저 멀리 어디론가 가실 때가 되지 않았습니까? 우화등선(羽化登仙)한다든가."

"그건 도사들이나 하는 거고. 난 어디로 가야 할지도 모르겠군. 인세의 더럽게 맛있는 술이나 한 잔 더 줘보거라."

"비싼 술 때문에 인세에 관심을 못 끊으시는 게로군요."

나윤극이 밉살스러운 소리를 하면서 손가락을 튕겼다. 그러자 그의 옆에 있던 술병이 저절로 허공으로 떠오르더니 손님의 잔 앞으로 날아가서 술을 따르기 시작했다.

천하제일검객으로 불리는 나윤극은 50대 중후반 정도로 보였다. 머리와 수염은 하얗게 셌지만 눈동자는 젊은이보다도 훨씬 강건한 빛을 품고 있으며 전신에서 지배자다운 품격이 풍겼다.

그는 귀혁보다 연하였다. 하지만 위해극이 말했듯이 귀혁보다 본래 나이에 가까워 보이는지라 더 나이 들어 보였다.

"그럴지도 모르지. 흠, 새로운 환마왕이 탄생한다면 네게도 골치 아픈 일이 되지 않겠느냐?"

"당신께서 그런 말씀을 하시면 안 되지요."

"내가 왜?"

"우리 성에 환마왕 대책을 수립해 준 게 마존이시지 않습니까? 스스로 짜낸 대책이 믿음직스럽지 않다고 하시는 셈입니다."

손님의 정체는 바로 이존의 일원, 환예마존(幻藝魔尊) 이현이었다.

강호에서 최강이라 공인한 두 사람이 한자리에 모여 있는 것이다. 세간에는 알려지지 않았지만 두 사람은 상당한 친분이 있어서 종종 이현이 불쑥 나윤극을 찾아오고는 했다.

이현이 웃었다.

"크크크, 사람이 하는 일에 완전함 따윈 없단다. 그러니 불안에 떨며 준비하고 또 준비하는 것이지."

이현은 창가에 걸터앉은 채 달을 올려다보며 술을 홀짝였다.

겉모습으로 보면 그는 장난기 많은 노인처럼 보였다. 많이 웃어서 그런지 웃는 것이 정말 잘 어울리는 인상이다. 나윤극처럼 척 봐도 범상치 않은 느낌이 드는 게 아니라 그냥 좀 적당히 잘사는 집안의 어르신처럼 보이는 용모였다.

나윤극이 말했다.

"그리고 정보를 종합해 보면 이번 환마왕은 선대만 못할 겁니다. 어차피 마교 놈들의 수작질에 불과하니."

"그렇다고 해도 뿔뿔이 흩어졌던 환마들이 구심점을 얻게 된다는 건 경계해야 할 일이지."

"충분히 경계하고 있습니다. 제자를 키우는 것도, 설비를 계속 확충하는 것도 다 그걸 위해서지요."

"하여튼 귀엽지 않은 녀석이로다."

"그보다는 마교 놈들의 움직임이 문제지요. 그쪽에 대해서는 들으신 게 있습니까?"

한번 궤멸 직전까지 몰렸던 흑영신교와 광세천교가 다시 움직이기 시작한 것은 윤극성에서도 심각하게 여기는 사안이었다.

그리고 지금까지 조사 결과에 따르면 그들은 대륙 여기저기서 암약하면서 거대한 재앙을 준비하고 있다. 심지어 윤극성의 최우선적인 척결 대상인 환마들을 뒤에서 지원함으로써, 오랜 시간 동안 비어 있던 환마들의 왕좌를 이을 자를 탄생시키려고 했다.

이현이 말했다.

"그놈들이 워낙 사고 쳐 놓은 게 많아서……. 광세천교주도 그렇고 새로운 흑영신교주도 그렇고, 크게 생각하고 크게 움직이는 자들이더군. 아마 지난번하고는 비교도 할 수 없을 정도로 큰 사고를 치려고 준비하는 것 같아."

"거기에는 이번 대 성운의 기재들도 포함입니까?"

"호오."

나윤극의 물음에 이현이 감탄성을 흘렸다.

"어떻게 거기까지 예상했나?"

"전 마존처럼 천기(天氣)를 짚을 줄은 모르지만 상황을 보고 예상할 수 있는 머리는 있습니다. 아무리 봐도 이번 대 성운의 기재들은 이상하지요."

성운의 기재들이 특출한 거야 당연하다. 매번 그래왔으니까.

하지만 이번 대 성운의 기재들은 역대 성운의 기재들과 비교해도 지나치게 비범했다. 새로운 성운의 기재가 발견되고,

그들에 대한 정보가 모이면 모일수록 나윤극은 이질감을 느꼈다.

이번 성운의 기재들은 다들 기이할 정도로 태생이 범상치 않다. 역대 성운의 기재들은 순혈의 인간이 아닌 자가 드물었다. 그런데 이번에는 범상치 않은 혈통을 가져서 엄청난 잠재력을 보이는 자가 여럿 보인다.

나윤극이 말했다.

“그리고 어르신의 제자분도 확신을 주더군요.”

“흠, 용명이가 거기까지 짚어냈나?”

잘 알려져 있진 않았지만 환예마존 이현은 지금까지 몇 명의 제자를 두었는데 그중 하나가 윤극성의 장로직에 앉아 있는 기환술사 용명이었다.

이현이 말했다.

“흑영신교도, 광세천교도 초월적인 예지에 닿아 있는 존재를 섬기는 자들이지. 그들의 움직임이 천기를 움직이는 것은 어떤 의미에서는 당연한 일이다.”

“그게 어떤 의미를 갖는가가 더 중요합니다.”

“거기까진 나도 모른다. 솔직히 드러난 결과만 놓고 보면 그게 마교 놈들에게 좋아 보이던가?”

“그렇지 않지요.”

현재까지 존재가 밝혀진 성운의 기재는 여덟 명.

그들 중에 마교에 협력적일 것 같은 존재는 하나도 없다. 마도의 무리들이 그 힘을 취하기 위해 움직이기도 했지만 모두가 실패했다.

이현이 달을 술잔으로 가리며 말했다.

"그러나 천기는 불길한 그림자를 품고 있다. 분명히 마교 놈들이 이런 결과를 이끌어낸 이유가 있겠지."

"재미있군요."

나유극이 싸늘하게 웃었다. 이현이 어이없어하며 말했다.

"이놈아, 뭐가 재밌어?"

"아직 하늘이 제게 준 천명이 끝나지 않았다는 증거 아니겠습니까?"

"뭣이? 허허, 그게 그렇게 해석이 되느냐?"

"그게 아니면 무엇이겠습니까?"

"당연히 네가 아니라 요즘 애들의 몫이라고 생각하는 게 옳지."

"그건 자기는 할 일 다 했다고 생각하는 사람의 사고방식이지요. 전 아직 갈 길이 멉니다."

"어련하시겠냐. 쯔쯔."

이현이 기가 막혀하며 혀를 찼다.

제18장

일월성신(日月星身)

성운을 먹는 자

1

형운이 열일곱 살이 되는 새해가 밝았다.

해가 넘어가자마자 형운은 귀찮은 행사에 참가해야 했다. 바로 별의 수호자 총단에서 개최하는 신년 비무회였다.

위해극과 대련하다가 다친 팔 때문에 불참할 수 있지 않을까 기대했지만, 귀혁에 의해 착실하게 개조된(?) 형운의 몸은 쓸데없이 강건하고 회복력이 넘쳤다. 의원들에게 치료를 받으니 채 일주일도 안 지나서 완치되었다.

"아아. 지난번 한 번이면 됐지 또 뭘……."

형운은 구시렁거리면서 신년 비무회를 준비했다.

귀혁이 말했다.

“네가 계속 공개적인 자리에서 잘해줘야 앞으로 지원을 받아내기가 편하니까 말이다.”

“사부님. 전 일월성단을 작년에 두 개나 먹었고 올해 세 번째까지 먹을 예정이잖아요?”

“그렇지.”

형운이 일월성단—태양을 지급받는 것은 이미 결정된 사항이었다. 언제 섭취하느냐가 문제일 뿐이다.

“그런데 지원을 더 받아낸다니… 다들 뭐라고 안 해요?”

“네게 일월성단 세 개를 다 먹이겠다는 것만으로도 이게 무슨 짓이냐는 소리는 많이 들었다. 그래서 더더욱 네가 그동안의 성과를 보여줘야 하는 거란다.”

“끄응.”

“뭐 비무에 나가는 게 싫다면 다른 방법도 있다. 너도 이제 열일곱 살이고 하니, 슬슬 강호에 나서서 목숨 걸고 싸울 위험을 감수해 가면서 임무를 수행하는 방법도 있다만, 해볼 테냐?”

“어허, 누가 뭐랬나요? 그냥 좀 귀찮아서 그런 거지.”

형운은 냉큼 반항적인 태도를 접었다. 자신이 꽤 강해졌다는 자각은 있었지만 역시 바깥세상에 나서서 얼굴도 모르는 이들과 목숨을 건 싸움을 한다는 건 무서웠다.

'옛날에 강호의 협객 이야기를 들을 때는 그러고 싶었는데…….'

그 나이 또래의 소년들이 다들 그러하듯이, 형운도 강호의 협객들이 활약한 이야기를 들으면서 드넓은 세상에 나가는 것을 꿈꾸었다. 기인을 만나 절세의 무공을 배워서 세상을 돌아다니면서 악인들을 처단하는 자신을 상상하고는 했는데…….

그런데 실제로 무공을 배우고, 생사를 걸고 싸워보니 그게 얼마나 무서운 일인지 아주 잘 알게 되었다. 새삼 귀혁이 자신을 데려올 때 했던 경고가 머릿속을 울린다.

'거짓말은 하지 않으마. 내 제자가 되면 너는 누군가와 싸워 죽이는 법을 배우게 될 것이다. 그리고 그런 삶을 살게 될 것이다. 그때가 되면 슬프고 힘들더라도 이렇게 살아가는 게 좋았을 거라고… 그렇게 생각하게 되는 날이 올지도 모른다.'

그때는 그 말의 진정한 무게를 몰랐다. 하지만 이제는 안다. 그리고 이미 도망칠 수 없다는 것 또한.

"에휴."

형운은 한숨을 쉬면서 비무회에 나섰다.

2

그리고 이겼다.

와아아아아아아!

“음…….”

형운은 주변의 환성을 들으면서 떨떠름한 표정을 짓고 있었다.

작년에 공개 비무에 나섰을 때도 그랬는데, 이번에도 참 만나는 상대마다 어렵지 않게 쓰러뜨리고 우승해 버렸다. 작년에 형운에게 패했던 풍성의 여섯째 제자는 이번에는 절대 지지 않겠다면서 절치부심한 성과를 보였지만…….

‘어째 좀 미안하네.’

이번에는 채 반각(약 7분)도 안 되어서 형운의 일권을 맞고 날아가 버렸다.

그렇다고 그가 작년보다 약해졌다는 건 아니다. 확실히 강해졌다. 하지만 형운이 스스로 생각하는 것보다 더 강해졌을 뿐이다.

무엇보다 얼마 전, 위해극과 대련했던 경험이 컸다. 그때 궁지에 몰려가면서 한계 이상의 힘을 끌어냈던 경험 덕분에 보다 수월하게 비무에서 이겨 나갈 수 있었다.

비무장에서 내려오자 귀혁이 말했다.

"수고했다고 말해주기도 싫을 정도로 쉽게 우승했구나."

"이번에도 하령이가 안 나와서 그렇죠."

"하지만 다음번부터는 좀 힘들어질 게다."

"왜요? 곡정이가 돌아오기라도 한대요?"

"글쎄다? 그쪽은 아직 소식이 없는 것 같던데……."

"흠, 이 녀석은 대체 뭘 하고 있는 건지."

작년 4월에 고향으로 떠난 마곡정은 그 후로 소식이 없었다. 풍성 쪽으로는 소식이 전해지고 있는지 모르겠는데 적어도 형운의 귀에 들리는 건 없다. 서하령도 연락을 받은 게 없다고 했다.

형운이 물었다.

"그럼 뭐 때문에 힘들어지는 거예요?"

"다음부터는 네가 참가하는 조가 달라진다."

"어떻게요?"

"좀 더 배분과 연령대가 높은 상대와 싸우게 되겠지."

"윽."

작년 공개 비무 때도, 이번에도 형운은 젊다 못해 어린 층과 겨뤘다. 하지만 귀혁의 직계 제자라는 배분을 생각하면 훨씬 나이 많은 이들과 한 조로 묶이는 게 옳았다.

지금까지는 형운의 나이가 어리니까 나이 차가 너무 많이 나는 이들과 같은 조로 묶는 건 위화감이 너무 컸다. 하지만 두 번의 비무 행사에서 압도적인 실력을 과시했으니 이제는 평가가 높아지는 만큼 처우도 엄격해지리라.

귀혁이 빙긋 웃었다.

"이번처럼 만만하지는 않을 게다."

"그렇겠죠. 끄응."

"뭐 그런 의미에서라도 이번에는 잘했다. 지금 진행하는 일에 필요하기도 했거든."

"제자단 건 말씀이신가요?"

"그래."

그동안 형운이 예상을 아득히 초월한 성장으로 사람들을 놀라게 하자 운 장로가 행동에 나섰다. 귀혁이 형운을 제자로 들였을 때 장로회에 약속했던 제자단 문제였다.

형운의 무위로 보건대 그를 가르치는 일도 궤도에 올랐으니 슬슬 약속한 대로 장로회가 추천한 인재들로 이루어진 제자단을 받으라고 압박을 가해온 것이다. 최근 귀혁은 이 문제로 물밑에서 협상을 벌이느라 바쁘게 사람들을 만나고 있었다.

문득 그가 말했다.

"이 사부가 제자단을 맡게 되면 널 가르치는 시간이 줄어드는 건 어쩔 수 없을 거다."

"하지만 그런다고 제 수련 시간이 줄어드는 건 아니죠?"

"잘 아는구나."

지금도 귀혁은 자기가 자리를 비웠을 때 형운이 수행해야 할 수련 과제를 빽빽하게 준비해 두고 있었다. 슬슬 형운도 기초는 제대로 잡혔고, 또 귀혁이 하나를 가르치면 그걸 완전히 자기 것으로 만드는 데 시간이 걸린다. 게다가 귀혁이 별의 수호자가 지닌 자원을 십분 활용하여 구성한, 돈만 있어도 안 되고 기술만 있어도 안 되는… 둘 모두가 갖춰져야만 하는 호화찬란한 수련 환경은 형운이 안이해질 틈을 주지 않았다.

귀혁이 말했다.

"하지만 슬슬 너도 뭔가 일을 맡아봐도 좋을 때이기는 하다. 생각 없느냐?"

"사부님, 저 무공에 입문한 지 이제 4년 차거든요?"

"하지만 10년 넘게 수련한 녀석들을 아주 쉽게 쓰러뜨리더구나."

"……."

"네 마음은 알겠다만, 언젠가는 해야 할 일이기는 하다."

"알고는 있지만요."

형운도 별의 수호자의 일원이다. 언제까지나 귀혁의 품에서 배우기만 하면서 살 수는 없었다. 많은 것을 받아온 만큼 별의 수호자를 위해 일해야 한다. 주변에서 슬슬 별의 군세의 일을 배우게 해야 하지 않겠냐는 이야기도 심심치 않게 나오고 있다는 걸 알고 있었다.

형운이 말했다.

"이 건에 대해서는 사부님의 위광에 기대지요. 늦출 수 있을 때까지 최대한 늦춰주세요."

"이거 참. 내 제자가 이런 녀석이 아니었던 것 같은데……."

"사부님이 저를 이렇게 만드셨습니다."

형운은 뻔뻔하고 당당해져 있었다.

3

신년회가 끝난 뒤, 귀혁은 한동안 정신없이 바빴다. 마교의 준동 때문에 그가 외부에 나가야 할 일이 많아졌기 때문이었다. 황실에서도 협조 요청을 해오는 통에 형운은 두어 달간 귀혁의 얼굴조차도 보기 어려웠을 지경이다.

그동안 운 장로는 귀혁의 제자단 문제에 신경을 썼다. 귀혁이 장로회가 추천한 인재들로 제자단을 구성하겠다고는 했지만 그 수가 얼마나 될지는 모른다. 어떻게든 자기 입김이 닿은 아이를 한 명이라도 더 넣어두고 싶었다.

그러던 중에 한 가지 소식이 날아들었다. 그 소식을 전해 들었을 때, 운 장로는 올 것이 왔다 싶었다.

그를 찾아온 풍성 초후적이 말했다.

"영성이 일월성단—태양을 달라고 했다더군요."

"그 소식이 벌써 자네에게도 들렸나?"

"별로 비밀스러운 이야기도 아닌지 다들 떠들썩합니다. 장로님들도 흥분하고 계신 것 같습니다만."

"그렇지. 한 사람이 일월성단 세 개를 다 먹는 건 이제까지는 없었던 일인지라……."

인간이 도달할 수 있는 내공 수위의 한계라 여겨지는 9심에 도달한 귀혁조차도 일월성단 세 개를 다 먹지는 않았다. 연단술사들 사이에서는 인간은 일월성단 중 하나의 기운도 완전히 체화하기 힘들고, 두 개 이상을 먹었을 때의 상승작용을 감당하기 어렵다는 게 정설이었다.

하지만 형운은 이미 일월성단 중 별과 달을 먹었다. 그리고 그 과정에서 성존의 개입을 이끌어내어 불가사의한 안정 상태를 이루었다.

이러니 연단술사들 입장에서는 그다음이 보고 싶어지는 것이다.

"이론상으로도 가능한지 불가능한지 말이 많았던 일월성신(日月星身)을 이룰 수 있을 것인가."

일월성신이란 해와 달과 별의 힘을 한 몸에 담는 그릇을 말한다.

일월성단은 연단술사들이 만들어낸 게 아니라 어디까지나 성존의 유산이다. 그래서 이에 대해 연구하면서 다양한 가설이 나왔는데 그중 하나가 바로 일월성신이었다.

문득 초후적의 표정이 묘해졌다.

"실례지만 장로님께서도 흥분하고 계시는 것 같습니다."

"…음."

그 말에 운 장로가 쓴웃음을 지었다.

이성적으로 생각하면 형운이 일월성신을 이루는 건 불쾌해해야 할 일이다. 가뜩이나 이전에 형운이 일월성단을 취할 때 성존이 개입한 건으로 인해서 귀혁의 계획이 탄력을 받고 있는 것만으로도 곤란하지 않은가?

하지만 이 문제에 대해서 생각하면 마치 사춘기 소년처럼 가슴이 두근거리는 걸 주체할 수가 없었다. 아무리 권력에 뜻을 두고 있다고는 하나 운 장로도 평생을 연단술의 끝을 보기 위해 노력해 온 사람이다. 오랫동안 상상으로만 더듬어볼 수 있던 기적이 눈앞에서 이루어질 수도 있다고 하니 흥분을 참을 수가 없었다.

운 장로가 말했다.

"솔직히 그렇다네. 곤란할 정도지."

"저는 연단술사가 아니라 무인이기는 합니다만, 이해할 것 같습니다. 설령 저와 좋지 않은 관계에 있는 누군가라도 꿈에 그리던 경지가 현실화되는 걸 볼 수 있다면, 그런 기분이 되지요."

초후적은 이미 그런 기분을 맛보았다. 언제나 넘고 싶었지만 한 번도 그럴 수 없었던 존재, 귀혁을 통해서.

운 장로가 말했다.

"과연 영성이 형운 그 아이를 통해서 무엇을 이루고자 하는지 궁금해. 갈수록 그런 마음이 강해지니 문제야."

"솔직히 말하면 저도 그렇습니다."

사정을 모르는 이들은 형운에 대해서 초기에 알려졌던 소문이 다 잘못되었다고 말한다. 사실 형운은 성운의 기재에 필적하는 재능, 혹은 그 이상의 무언가를 가진 절세의 기재였으며 영성이 그것을 알아보고 제자로 선택했으리라고 멋대로 떠들어대고 있었다.

하지만 운 장로도, 초후적도 알고 있었다. 초기의 소문이 모두 사실이었다는 것을.

운 장로가 말했다.

"그 문제는 이쯤 해두지. 이제는 지켜보는 수밖에 없는 거니까. 그보다 지성 건 말인데… 어떤가?"

"문제없을 것 같습니다."

차기 지성의 자리는 운 장로가 귀혁의 제자단과 더불어 가장 신경 쓰는 문제였다. 오늘 초후적을 만난 것도 그 일의 최종 확인을 위해서다.

초후적의 둘째 제자, 정무격은 30대 중후반이기는 하나 사형제 중 가장 뛰어난 성취를 보여서 차기 지성 후보로 밀어주고 있었다. 운 장로가 그동안 꾸준히 공작을 해온 결과 바로 얼마 전에 일월성단—별을 지원받아 취하면서 내공이 크게 상승했다.

운 장로가 말했다.

"좋아. 그러면 조만간 일을 진행하도록 하지."

이미 차기 지성 결정을 언제라도 추진할 수 있도록 준비를 해두었다. 후보로 올라올 인물들은 뻔하니 이들끼리 공개적으로 비무를 벌이게 해서 정무격이 두각을 드러내면 된다.

설령 정무격의 무위가 기대에 못 미친다고 하더라도 크게 걱정할 필요는 없었다. 그럴 줄 알고 후보자 중에 다른 패들도 준비해 두었기 때문이다.

4

형운은 모처럼 귀혁과 아침 식사를 함께 했다. 귀혁이 없을 때는 쓸쓸하게 혼자 먹어야 했기 때문에 그와 함께하는 자리가 정말로 기뻤다.

귀혁은 강호에 나가서 있었던 일들을 이야기해 주었다.

"나오라는 마교 놈들은 안 나오고 수적들이 설쳐서 난감했단다."

"사실은 그 뒤에 마교가 있었다거나 그렇지도 않았고요?"

"그럴 거라고 넘겨짚었는데 아니더구나."

"음, 우리쯤 되면 산적이고 수적이고 전혀 문제가 안 될 것 같은데 그런 충돌이 일어나기는 하는군요?"

"조직이 큰 것과 각지에서 자잘하게 문제가 일어나는 건 별개지. 뭐 이번에는 그놈들이 운이 나빴다."

본거지를 잘 감추고 있었던 데다가 물 위에서 싸우는 재주가 워낙 뛰어난 놈들이라 관군도 해결하지 못하는 골칫거리들이었다. 하지만 귀혁이 있는 배에 덤빈 것이 그들의 불운이었다. 그날로 한창 높아지던 그들의 악명도 끝나고 말았다.

형운이 말했다.

"참 신기하네요."

"뭐가 말이냐?"

"사부님이 나가실 때마다 여기저기 소문이 날 만한 이야깃거리를 하나씩 들고 오시는데도 강호에 명성이 별로 안 높잖아요."

폭풍권호로서의 귀혁만이 아니라 영성으로서의 귀혁도 충분히 강호에 이름날 만한 일들을 벌였다. 그런데도 별로 명성이 안 높으니 신기한 일이다.

귀혁이 피식 웃었다.

"우리 측에서 정보를 조작하고 있으니 그런 것이다. 전에 한번 말해주었던 것 같다만."

"그렇긴 한데… 그런 일이 소문 안 날 수가 있나요? 입단속을 열심히 한다고 해도요."

"물론 쉽지 않은 일이다. 그래서 오성은 소문이 날 만한 눈길이 있는 곳에서는 부하들을 적극적으로 활용하는 지침을 가졌단다. 그리고 네가 하나 착각하는 게 있는데, 우리 측에서 정보 조작을 하는 건 오성의 무위를 감추기 위해서가 아니다."

"음? 그럼요?"

"우리가 무슨 수상한 비밀 결사도 아닌데 굳이 구성원들의 무력을 감추기 위해서 기를 쓸 필요가 있겠느냐? 정보 조작의 목적은 오성이 강하다는 인식보다 별의 군세가 강하다는 인식을 우선해서 퍼뜨리는 것이다."

즉 특정한 개인이 강한 게 아니라 조직이 강하다는 인식이 우선하게 만든다는 이야기다. 별의 수호자가 대륙 전체를 통틀어도 손꼽히는 부(富)를 소유한 조직이다 보니 이 작업은 상당히 중요했다.

귀혁이 설명했다.

"다섯 명의 절세고수를 보유하고 있으니 무섭다고 생각하기보다는 그냥 우리가 거느린 무력조직 자체가 강해서 무섭다고 생각하게 만드는 쪽이 대륙 전체에서 사업을 하는 데 중요하다는 것이다. 무력이 부족하면 만만하게 보고 털어먹고 싶어 하는 놈들이 나오게 마련인지라 '저 다섯 명만 없으면 무서워할 게 없다' 고 생각하면 곤란한 거지."

여기에는 단순히 사업 문제가 아니라, 별의 수호자의 정체성도 관련되어 있었다.

별의 수호자는 힘 있는 자들의 탐욕에 휘둘리는 것에 넌더리가 난 연단술사들이 지고의 경지를 걷는 성존 밑에 모여서 결성한 조직이다. 그렇기에 더욱 세상에 특정한 개인의 무력에 기대는 게 아니라 조직 자체가 강하다고 인식하게 만드는 데 힘을 기울였던 것이다.

여기까지 들은 형운도 별의 수호자가 열심히 정보 조작을 하는 이유를 이해할 수 있었다.

"과연. 별의 수호자를 결성하기 전에 당한 일들에 대한 두려움이 그렇게 만든 거군요."

"그래. 하지만 그렇다고 '저놈들은 떼로 뭉치지 않으면 별거 아니다, 오성이란 것들은 약하다' 고 생각해도 곤란하기 때문에 이 점도 신경 써서 조절을 하고 있다."

"정보 조작이라는 거, 굉장히 심오하네요."

"그렇지 않으면 굳이 막대한 돈과 인력을 투입해 가면서 따로 정보 조직을 굴리고 있을 필요가 없겠지."

귀혁이 웃었다.

"그리고 보통 좀 고급 정보에 접할 수 있는 계층이면 오성이 세간의 인식보다 훨씬 강하다는 것 정도는 알고 있단다. 그러니 문제 될 것도 없지."

"흠……."

문득 형운이 화제를 돌렸다.

"그러고 보니 제 사제들은 몇 명이나 받으실 생각이세요?"

물밑에서 이런저런 정치적인 협상이 좀 오고 간 후, 귀혁은 제자단 일을 추진하기로 결정했다.

형운도 그동안 일이 어떻게 진행되었는지 그 과정을 다 듣고 있었다. 오늘부터 귀혁이 장로회가 추천한 후보들 중에서 제자를 뽑는 작업에 들어간다고 해서 물어본 것이다.

귀혁이 대답했다.

"최종적으로 열 명 정도 뽑을 생각을 하고 있다."

"그렇게나 많이 뽑아요?"

형운이 놀라서 물었다. 다른 오성들을 보면 제자가 적어도 세 명, 많으면 일곱 명은 되기는 한다. 그래도 열 명을 한꺼번에 들이는 경우는 없었다.

귀혁이 말했다.

"애당초 장로회랑 그쪽에서 추천해 준 인재로 제자단을 구성하겠다고 약속했으니까. 중요한 건 '제자'가 아니라 '제자단'이라는 거란다."

"…무슨 차이인지 잘 모르겠는데요?"

"다른 오성들의 제자들을 보거라. 그들을 한 묶음으로 제자단으로 취급하더냐?"

"아니죠."

"난 그렇게 하겠다는 뜻이다. 너, 그리고 제자단."

"와, 노골적으로 대우를 달리하겠다고 선언하시는 거예요?"

"그렇다."

"……."

비난받기 딱 좋은 일인데 귀혁의 태도가 너무 당당했다. 형운이 기가 막혀서 한마디 했다.

"사부님이 장로회와 사이가 별로 안 좋으신 거야 알지만……."

"딱히 장로회와 사이가 안 좋은 건 아니다. 운 장로 패거리와 사이가 안 좋은 거지."

"그게 그거죠, 뭐. 장로님들 중에 운 장로님을 중심으로 모인 분들 말고는 별로 파벌 다툼이나 권력 잡기에 관심이 없잖아요."

"호오, 난 지금 매우 놀랐단다."

"왜요?"

"내 제자가 이렇게 영성의 제자다운 소리를 하는 날이 올 줄이야. 조직이 어떻게 굴러가는지 관심은 있었구나."

"……."

확실히 형운이 그동안 별의 수호자 내부 사정에 큰 관심을 표한 적이 없긴 하다. 하지만 그런다고 해서 눈을 감고 귀를 닫고 있다는 소리는 아니었다.

"제가 이래 봬도 원래 눈칫밥으로 먹고살았다고요."

초기에야 뭐가 뭔지도 모르고 귀혁의 가르침을 따라가느라 바빴지만, 이제는 좀 주변을 볼 여유를 가진 것이다. 그리되자 정보를 수집해서 상황을 파악하는 건 그리 어려운 일이 아니었다.

귀혁이 고개를 끄덕였다.

"흠, 정말 다시 봤다."

"그건 그렇고, 제가 하고 싶은 이야기는… 장로님들이야 그렇다 쳐도 그분들이 선별한 애들은 괜히 피해 보는 거 아닌가요? 줄을 잘못 선 게 잘못이라고 하면 할 말이야 없지만……."

"형운아."

"네."

"이 사부가 그런 식으로 아이들을 비참하게 만들 사람으로 보이더냐?"

"음."

귀혁이 빙그레 웃으며 한 말에 형운은 말문이 막혔다. 귀혁이 말했다.

"네가 왜 알지도 못하는 아이들을 위해서 화를 내고 있는지는 안다."

"제가요? 사부님한테 화를 내요?"

"화내고 있지 않느냐?"

"제가 언제… 아니, 잠깐."

형운은 그제야 귀혁의 말이 옳다는 사실을 깨달았다. 지금까지 귀혁에게 분노를 드러낸다는 건 감히 생각해 본 적도 없는 일이었다. 그래서 자각하지 못했는데 이 문제에 대해서 가슴속에서 뭔가가 부글부글 끓어올라서 표정에 드러나고 있었던 것이다.

당혹스러워하는 형운에게 귀혁이 부드럽게 말했다.

"이 사부를 믿어보거라. 나는 그 아이들을 너와 다른 방식으로 가르치기야 하겠지만 사부로서의 역할을 소홀히 할 생각은 추호도 없다. 그리고 네가 하나 간과하는 게 있구나."

"뭔데요?"

"이번에 후보로 뽑힌 아이들은 다들 장로회에서 고르고 고른 기재들이란다. 이건 알고 있지?"

"장로회가 추천할 정도면 당연히 그렇겠죠."

"그런 아이들에게 각자에게 맞는 뛰어난 무공과 비약, 그리고 수련 환경을 제공하면 어떻게 될 것 같으냐?"

"그야… 굉장히 빠르게 성장하겠죠?"

"그럴 게다. 네가 그 아이들이 홀대받을까 봐 염려하고 있을 때가 아니란 뜻이지. 난 그 아이들도 성심성의껏 가르칠 테니 몇 년 지나면 네 입지가 위험해질 수도 있을 게다."

"……."

형운은 그제야 위기감을 느꼈다. 이제까지는 형운이 영성의 유일한 제자인지라, 차기 영성이 될 수 있을지는 몰라도 후기지수 중에서 탄탄한 입지를 갖고 있었다. 하지만 다른 제자들이 치고 올라오기 시작하면 신경 쓸 일이 한둘이 아닐 것이다.

잠시 형운의 반응을 즐기던 귀혁이 말했다.

"그리고 이번에 많은 수를 받는 건 좀 다른 생각을 하고 있어서다."

"뭔데요?"

"다른 사람에게는 실수로라도 흘리지 말거라."

"사부님이 그렇게까지 말씀하시다니… 도대체 무슨 일을 생각하시는 건데요?"

"차기 오성을 전부 내 제자로 채우는 일에 도전해 볼까

한다."

"……."

형운이 입을 쩍 벌렸다. 귀혁이 웃었다.

"이게 사실 운 장로가 하고자 하는 일이었단다. 오성만 자기 사람으로 채우면 별의 수호자의 권력은 거의 다 쥐는 거나 마찬가지지. 무력은 소중하니까."

"하지만 못 했잖아요? 현실적으로 불가능한 일 아닌가요?"

"그렇다고 단정 지을 수도 없고 아직 끝난 문제도 아니다. 운 장로는 여전히 그렇게 하고 싶어 한단다. 이번 제자단 문제도 그렇고."

"흠."

"일단은 그렇게만 알고 있거라."

귀혁이 빙긋 웃었다.

5

제자단 문제와 더불어서 진행된 또 하나의 일은 바로 형운이 일월성단—태양을 취하는 건이었다.

이 일에는 충분한 준비가 필요했기 때문에 귀혁도 바쁜 일이 정리된 후에야 진행할 수 있었다. 그리고 지난번에 성존이 경고한 바가 있어서 1년 정도 시간을 두기도 했다.

그리고 마침내… 장로들뿐만 아니라 조직의 모든 연단술사가 뜨거운 관심을 보이는 그 일이 진행되었다.

6

형운은 별의 바다 사이를 부유하고 있었다.

어떻게 된 건지는 모르겠지만 광활한 어둠 속에 무수한 별들이 흩뿌려져서 그 빛이 강을 이루고, 그 위에 형운이 떠서 이리저리 흘러 다닌다.

그 주변에 다른 것보다 압도적으로 큰 천체(天體) 두 개가 떠다니고 있었다.

'달.'

은은한 은백색의 빛을 발하는 달이 가까운 곳에서 형운의 주변을 돈다. 그럴 때마다 여름날, 밤에 강가에서 맞는 바람처럼 서늘하면서도 편안한 기운이 전신에 스며들어서 편안함을 안겨주었다.

그러나 그 기운이 편안한 것은 고통스러운 열기가 존재하기 때문이다.

'태양.'

형운은 달의 뒤쪽에서 이글이글 타오르며 자신을 노려보는 태양을 보았다. 주변의 모든 것을 불태워 버릴 것 같은 위압적인 불길이 타오르고 있었다.

별빛의 강과 달빛의 가호가 형운을 지키지 않았으면 그 불이 형운을 불태웠으리라. 형운은 멍하니 태양을 바라보면서 생각했다.

'이래서 마지막이었구나.'

왜 귀혁이 일월성단을 별, 달, 그리고 태양 순으로 취하게 했는지 알 것 같다.

태양은 모든 것을 불태우면서 찬란하게 빛나고 있었다. 도저히 인간의 몸으로 감당할 수 있는 존재로 보이지 않는다.

'하지만… 그건 다 마찬가지였어.'

애당초 별도, 달도 마찬가지였다. 그것들을 인간의 몸에 담아낸다는 것이 말도 안 되는 일로 보였다. 귀혁이 충분한 준비를 갖추지 않았다면 형운은 그 기운에 녹아들어서 자연의 일부가 되었으리라.

그러니까 저 태양도 품을 수 있을 것이다. 귀혁이 그렇게 판단했다면, 그것을 믿는다.

형운은 각오를 굳히고 태양을 향해 스스로를 열었다. 태양에게서 그를 지켜주던 별과 달의 힘이 갈라지면서 그 속으로 태양이 뛰어들었다.

그리고 모든 것이 빛으로 화했다.

7

"…뭐야, 또 너냐?"

날아갔던 정신이 돌아온 것은 몇 번 들어본 적이 있는 시큰둥한 목소리가 들려왔기 때문이었다.

'성존님.'

형운은 비로소 자신이 눈을 감고 있다는 사실을 자각했다. 태양을 받아들이고 모든 것이 빛으로 화하는 순간, 스스로를 구성하는 모든 감각이 소멸했다. 육체를, 그리고 그 상태를 인식하게 해주는 감각이 모조리 사라져 버린 탓에 눈을 감고 있는지 뜨고 있는지, 숨을 쉬고 있는지 안 쉬고 있는지조차 알 수가 없었다.

하지만 성존의 목소리를 듣는 순간 그 감각이 빠르게 되돌아왔다. 형운은 눈을 뜨고 눈앞에 펼쳐진 별의 꿈을 바라보았다. 그리고 흠칫 놀랐다.

"호오."

성존이 지금까지 본 적 없는 표정으로 얼굴을 가까이 들이대고 있었기 때문이다. 바람 한 점 없는데도 하늘하늘 휘날리는 은발 아래서 짙푸른 눈동자가 강렬한 호기심을 발하고 있었다.

그가 흥미롭다는 듯 손을 들어 형운의 얼굴을 붙잡았다. 그리고 이리저리 살펴보면서 말했다.

"지금 몇 년이나 지났지?"

"며, 몇 년이요?"

형운이 당황해서 물었다. 그가 무슨 뜻으로 질문하는 건지 알 수가 없었다.

"너희가 내 밑에 모여든 지 몇 년이나 되었어?"

즉 별의 수호자가 결성된 지 얼마나 시간이 지났는지를 묻는 것 같았다. 형운이 난감해하며 대답했다.

"…모르겠는데요?"

"응? 몰라?"

"네."

"왜 모르지?"

"배운 적이 없어서……."

"흠. 그거 안 가르쳐 주나? 그럼 다음에 올 때 알아 와. 여기서는 바깥의 명확한 시간 흐름을 몰라서, 기록해 둔 기억 속에도 없네."

성존은 형운의 얼굴에서 손을 떼고는 주변에 떠다니는 무수한 글자들을 보면서 눈살을 찌푸렸다.

형운이 물었다.

"어, 그런데 저 여기 오고 싶어서 온 게 아닌데요? 어떻게 오는지 몰라요."

"일월성단 중에서 아무거나 하나 더 먹어."

"…네?"

형운이 황당해서 눈을 휘둥그레 떴다. 일월성단을 또 먹으라고? 아니, 그게 쉽게 먹을 수 있는 게 아니지 않은가?

하지만 성존은 오히려 형운의 반응을 이해 못 하겠다는 듯 고개를 갸웃했다.

"별에 달에 태양까지 먹었잖아?"

"그랬죠?"

"세 개나 먹었으면 네 개째 먹는 게 뭐가 어려워?"

"……."

그게 그렇게 말할 수 있는 문제였나?

성존이 말했다.

"일월성단이 아니면 혼몽단(混夢丹)이나 천공단(天工丹)… 음, 아니, 이건 내가 내려준 적이 없던가? 하여튼 일월성단이랑 등급이 같거나 좀 높은 것들을 먹으면 올 수 있어. 그것들 달라고 해."

"아니, 저기… 그런 건 제가 먹고 싶다고 해서 먹을 수 있는 게 아닌데요?"

"왜?"

"쉽게 내주질 않으니까요."

"아, 그런 문제였어? 내가 명령하지 뭐. 그럼 될 거야. 어차피 내가 만드는 건데."

"하하……."

그렇게 말하면 할 말이 없다. 성존은 별의 수호자의 왕. 그가 원한다면 장로회라도 무조건 따라야 할 것이다.

문득 형운이 물었다.

"근데 꼭 그렇게 해야 하나요?"

"뭐가?"

"성몽으로 오는 거, 성존님께서 부르시면 그냥 올 수 있는 거 아니에요?"

"그거하고는 좀 달라."

"네?"

"내가 불러서 오는 거랑, 네가 일월성단 먹고 자연스럽게 오는 거랑은 다르다고. 내가 꿈꾸는 의식을 성몽으로 끌어들이면 네 육체와의 연결 고리가 희미해. 원래 사람의 의식은 꿈을 꿀 때는 세계의 경계를 마구 넘나들 수 있거든. 나도 어느 정도는 그런 특성을 이용해서 여기 있는 거고."

하지만 형운이 일월성단을 먹고 여기에 왔을 때는 '꿈꾸는 의식'에 의존하지 않고 의식이 깨어 있는 상태로, 육체와 긴밀하게 연결된 상태로 온다. 그렇기에 지난번에도 성존이 현세에 강한 영향력을 발휘해서 형운이 취한 일월성단을 단번에 안정시켜 줄 수 있었던 것이다.

"그러니까 내가 너보고 오라고 하는 거지. 너 정말 재밌거든."

"뭐가요?"

"너 일월성신이잖아. 그치?"

"음, 아마도요?"

형운도 세 개의 일월성단을 전부 취하고, 그 힘을 하나로 융합하는 데 성공하면 일월성신을 이룬다는 것은 알고 있었다. 하지만 자기가 그런 상태인지는 확신이 없었다.

성존이 말했다.

"확실해. 넌 일월성신이야. 정확히는 일월성신이 되어가고 있어."

"되어가고 있다고요?"

"음. 아마도 네가 세 번째 일월성단을 먹은 후로… 음, 그러니까 살아 있는 인간 기준으로는 꽤 많은 시간이 흘렀을 거야. 그게 보통 인간의 몸이 일월성신이 되기 위해 필요한 시간이겠지."

그 말에 형운은 가슴이 덜컥했다. 왠지 그 말이 사실이라고 여겨졌기 때문이다. 일월성단—태양을 섭취하고 나서 여기에 올 때까지, 정확히는 모르겠지만 굉장히 긴 시간이 지났다는 느낌이 있었다.

"많은 시간이라면 얼마나요?"

"글쎄다? 거기까지는 모르겠는데. 뭐 대충 지금 네 상태를 보고 추측하면 되지 않겠어? 지금 네 모습은 육체의 상태를 꽤 많이 반영하고 있으니까."

그 말에 형운이 허둥지둥 몸을 살폈다. 하지만 얼굴을 볼 수 없으니 시간의 흐름을 짐작하기는 어렵다.

"자, 여길 봐."

성존이 허공을 가리켰다. 그러자 거기서 환영의 거울이 나타나 형운의 얼굴을 비추었다.

"아……."

형운은 자기 얼굴이 별로 달라지지 않은 것을 보고는 안도의 한숨을 쉬었다.

"그렇게까지 오랜 시간이 지난 것 같지는 않네요."

"그래? 음. 어쨌거나 여태까지 일월성신을 이룬 애들이 하나도 없었거든? 근데 네가 일월성신을 이루었으니, 아니, 이루는 중이니… 완성된 상태를 봐야겠어. 그래서 오라고 하는 거야."

"일월성신이라는 게 성존님한테도 신기한 건가요?"

"응. 이룬 사람이 없었으니까. 정말 희귀한 사례지. 그러니까 꼭 다시 오는 거다?"

"네."

"그럼 가봐."

형운의 대답을 들은 성존이 히죽 웃으면서 가슴을 밀쳤다. 그러자 형운의 의식이 성몽에서 밀려나서 현실로 떨어졌다.

8

서하령은 살면서 다른 누군가 때문에 안절부절못한 적이 별로 없었다. 부모를 여의고 별의 수호자에 온 후로 그녀의 평정을 흐트러뜨리는 인물은 오직 귀혁뿐이었다. 그의 눈길을 받고 싶어서, 그와 닮고 싶어서… 그런 이유로 노력해 왔기에 다른 누군가 때문에 심란해져 본 적이 없었던 것 같다.

그나마 예외가 되는 인물이라면 마곡정 정도일까? 어려서부터 누나 동생 하면서 지냈기 때문에, 고향으로 내려간 뒤에 소식이 끊긴 것이 신경 쓰였다.

그조차도 심각하지는 않았다. 기본적으로 마곡정은 사고를 치지 않을까 걱정되는 동생이지 어디 가서 잘못되는 거 아닐까 불안한 사람이 아니었으니까.

하지만 최근, 그녀를 심란하게 만드는 사람이 하나 있었다.

"아저씨. 돌아오셨군요."

서하령은 임무 수행을 위해 밖으로 나갔던 귀혁이 총단에 돌아왔다는 소식을 듣고 찾아왔다.

하지만 그녀는 귀혁이 없을 때도 종종 찾아오고는 했다. 한 사람의 상태를 보기 위해서였다.

귀혁이 대꾸했다.

"그래, 이번에는 좀 짧게 끝났구나."

오성은 총단에서 중요하다고 판단한 일이 아니면 나서지 않는다. 그리고 그런 일들은 먼 길을 오가야 하는 경우가 많아서 한번 자리를 비우면 보름에서 한 달 정도는 있어야 돌아오고는 했다.

이번에는 채 열흘도 되지 않아서 돌아왔다. 그건 비교적 가까운 곳의 일이기도 했지만, 귀혁이 굳이 수하들을 놔두고 경공을 발휘해서 혼자 일찌감치 돌아왔기 때문이기도 했다.

서하령이 물었다.

"형운이는 여전히 그대로인가요?"

"음……."

귀혁의 낯빛이 어두워졌다.

이전에 서하령은 그가 이런 표정을 짓는 것을 한 번도 본 적이 없었다. 하지만 반년 전, 형운이 일월성단—태양을 취한 날 이후로 종종 이런 표정을 볼 수 있게 되었다.

형운은 그날 이후로 깨어나지 못하고 있었다.

귀혁이 말했다.

"여전히… 무언가가 진행 중이다."

해와 달과 별, 세 개의 일월성단이 형운이라는 그릇 속에 모이는 순간 서로 상승작용을 일으켰다.

그것은 달과 별이 모였을 때의 상승작용과는 비교도 되지 않았다. 이번에는 성존이 개입하지 않았는지 형운에게서 해일과도 같은 기파가 일어나서 주변을 휩쓸었다. 어떤 기파에도 견딜 수 있도록 건설된 특수한 시설이 부서질 듯이 요동치고, 그 안에 있던 귀혁과 지원을 위해 대기 중이던 고수들은 형운을 위해서가 아니라 스스로의 목숨을 건지기 위해 필사적으로 상태를 안정시키고자 애썼다.

그렇게 사흘 밤낮이 지나고 나서야 형운이 발하던 기파는 잠잠해졌다. 그때는 천하의 귀혁조차도 보름 가까이 전혀 힘을 못 쓸 정도로 기력이 쇠하고, 한동안 정양해야 하는 내상까지 입었다.

"여전히 빛나고 있네요."

귀혁과 함께 형운이 잠든 방에 간 서하령이 말했다.

형운은 병자처럼 누워 있었다. 하지만 그가 누워 있는 곳은 기환술사들이 지혜를 짜내어 기가 내부에서 폐쇄적으로 순환하도록 만든 시설이었다.

그 한가운데서, 오랫동안 잠들어 있느라 비쩍 말라 버린 형운은 은은하게 빛을 발하고 있었다. 비유가 아니라 몸 전체가 희미하게 발광하는 것이다.

문득 서하령이 말했다.

"형운이 첫 번째 일월성단을 취했을 때부터… 느낌이 이상해졌어요."

"어떤 식으로 말이냐?"

"형운 안에서 별의 힘이 느껴져요. 다른 성운의 기재나, 혹은 별 부스러기를 보았을 때처럼."

별의 수호자에는 성운의 기재가 받은 별의 힘 그 편린을 갖고 태어난 기재들도 있었다. 성운의 기재인 서하령은 그런 이들을 보면 한눈에 알아본다.

서하령이 말을 이었다.

"하지만 같지는 않아요. 비슷하지만 달라요."

"어떤 식으로 말이냐?"

"마치 하늘의 별빛을 직접 우러러볼 때와, 고요한 수면에 선명하게 비친 별빛을 볼 때의 차이처럼……."

"어느 쪽이 말이냐?"

"우리가 수면에 비친 쪽이에요."

"…그렇구나."

귀혁은 자기도 모르게 미소를 지었다. 서하령의 말은 뜬구름 잡는 소리 같지만, 실은 정확하게 핵심을 짚고 있었다. 적어도 진실을 아는 귀혁 입장에서는 그랬다.

서하령이 말했다.

"지금은 그 느낌이 한층 강해졌어요."

"그럴 것이다."

"하지만 일월성단을 취한 사람이 모두 이런 느낌을 갖지는 않아요."

별의 수호자에는 형운 말고도 일월성단을 취한 자들이 있었다. 당장 귀혁만 해도 그렇지 않은가?

그러나 그들 중 누구도, 심지어 귀혁조차도 형운 같은 느낌을 발하지 않는다. 오로지 형운만이 특별했다.

서하령이 물었다.

"그것도 아저씨의 계획에 따른 결과지요?"

"그래."

"아저씨가 이은 '성운을 먹는 자' 라는 일맥의 업과도 관련이 있는 건가요?"

"그렇단다."

귀혁은 부정하지 않았다.

형운이야말로 '성운을 먹는 자' 일맥이 누대에 걸쳐 쌓아온 업적의 정수였다. 귀혁이 선대가 쌓아온 이론을 완전히 이해하고 자신의 것으로 만들었기에, 그리고 형운이 특별한 혈통이나 자질을 타고나지도 않았고 무공을 익힌 적도 없는 순수한 범인이었기에 귀혁은 처음부터 자신의 일맥이 꿈꾸어온 이상적인 존재를 만들어 나갈 계획을 실행에 옮길 수 있었다.

"……."

서하령은 더 캐묻지 않았다. 그녀도 이 장로의 손녀로서 그가 연단술사로서 쌓아온 업을 계승할 사람이다. 그렇기에 개인적인 관계와는 별개로 타 일맥의 일을 캐물으면 안 된다는 자각이 있었다.

그런 서하령을 보며 귀혁이 빙긋 웃었다.

"아마 네게도 말해줄 수 있는 날이 올 게다."

그 말에 서하령이 놀라 그를 바라보았다. 귀혁이 말했다.

"형운이 모든 것을 알 때가 오면… 네게도 말해주마. 지금 와서 이야기하기에는 너무 늦었다는 걸 알지만, 사실 난 네가 내 후계자가 되어주었으면 했단다."

"…네?"

서하령이 눈을 휘둥그레 떴다.

생각지도 못한 이야기라서 어안이 벙벙했다. 귀혁은 서하령이 성운의 기재라는 이유로 제자로 들이길 거부하지 않았던가? 그런데 후계자가 되길 바랐다고?

귀혁이 쓴웃음을 지었다.

"오해하지 말거라. 무인으로서 너를 제자로 들이고 싶었다는 이야기가 아니다."

"그럼요?"

"네가 언급한 우리 일맥을 계승해 주었으면 했다는 이야기다. 하지만 너는 이 장로님의 후계자가 될 몸이라, 차마 그런 말을 꺼낼 수가 없더구나."

"……."

서하령은 이해할 수가 없었다. 그래서 한참 동안 넋이 나가 있다가 겨우 생각을 정리해서 물었다.

"그건 형운의 역할이 아닌가요?"

"아니다."

"어째서인가요?"

"형운은 우리 일맥이 꿈꾸어온 이상적인 작품이 될 수 있다. 하지만 우리 일맥을 이을 자가 될 수는 없어."

서하령은 이해할 수가 없어서 눈살을 찌푸렸다. 귀혁이 그 이유를 설명했다.

"알고 있는지 모르겠지만 우리 일맥은 계승자들이 중구난방이었다."

"연단술사, 기환술사, 약학자, 무학자… 이런 식으로 일관성이 없이 계승되었다고 들었어요."

"그래. 하지만 모두가 공통점이 있었다."

"뭔가요?"

"모두가 탁월한 오성(悟性)을 지녔으며, 별의 수호자가 다루는 모든 것의 핵심이라고 할 수 있는 별의 힘의 본질에 대해 깊은 흥미를 갖고 남들보다 월등한 이해도를 보였다는 점이다."

그들은 모두 천재였다. 남들이 하는 일은 다 쉽게 해낼 수 있었고, 동시에 남들이 못 하는 일도 해내는 이들이었다. 그들은 각자 자신의 분야에서 달인이라 불리기에 충분했지만 동시에 다른 분야에 대해서도 말도 안 될 정도로 폭넓은 지식과 이해도를 갖고 있었다. 그렇기에 자신과 동등한 능력으로 업을 계승할 수 있는 인물을 후계자로 삼았다.

귀혁이 말했다.

"그래서 형운은 안 되는 것이다. 아무리 봐도 연구자의 재목이 아니지. 무인으로서 나의 후인이며, 또한 우리 일맥이 추구해 온 최고의 작품이 될 수는 있어도 일맥의 계승자가 될 수는 없는 게다."

그래서 귀혁은 서하령을 눈여겨보았던 것이다. 하지만 아무래도 이 장로의 후계자가 될 그녀를 빼앗을 수는 없었다.

"제가……."

문득 서하령이 물었다.

"…둘 다 하면 안 될까요?"

"이 장로님의 후계자와 우리 일맥의 후계자, 둘을 모두 말이냐?"

"네."

그 말이 귀혁이 잠시 가만히 서하령을 바라보았다. 어이없어하는 듯한, 그러면서도 동시에 흥미로워하는 표정이었다.

"할 수 있을 것 같으냐? 이 장로님은 틀림없는 천재다. 하늘이 내린 재능으로 평생 동안 연단술사로서 정진한 끝에 최고의 경지에 도달하셨지. 그런데 네가 그분의 업을 잇는 것에 그치지 않고 나의 업까지 짊어질 수 있겠느냐?"

그렇게 묻는 귀혁은 웃고 있었다. 마치 서하령의 마음을 시험해 보겠다는 듯이.

서하령은 당찬 표정으로 고개를 끄덕였다.

"해낼 거예요."

"근거 없는 자신감만으로는 안 된다."

"할 수 있어요."

"네가 성운의 기재라서? 천명을 받아 남들과는 격이 다른 재능을 가진 존재니까?"

"아니에요."

서하령이 고개를 저었다. 그녀에게 있어 스스로가 성운의 기재라는 것은 아무런 가치도 없었다. 자신이 그런 존재임을 부정하지는 않지만, 그것으로 우월감을 느끼지는 않는다. 왜냐하면 그녀는 성운의 기재라는 이유로 가장 바라던 사람에게 거부당했기 때문이었다.

그렇기에 그녀가 내놓은 답은, 그것과는 전혀 상관없었다.

"아저씨가 해내신 일이니까요."

"……."

귀혁은 잠시 눈을 크게 뜬 채로 서하령을 바라보았다.

서하령이 말했다.

"아저씨는 천하제일을 다투는 무인이고, 별의 수호자의 영성이며, 그리고 무학자로서 성운을 먹는 자 일맥을 계승하셨어요. 그러니까 저도 할 수 있어요."

"…그렇구나."

귀혁은 미소를 참을 수 없었다. 아주 오랜만에 가슴이 벅차오르는 기분에 사로잡히고 말았다.

"네 뜻이 그렇다면… 한번 해보자꾸나."

"네."

"하지만 아직 결정된 것은 아니다. 이 장로님께 허락도 받아야 하고, 또 네가 과연 스스로 입에 담은 일을 해낼 수 있을지 시험해 볼 것이다."

"얼마든지요."

서하령은 조금도 겁먹지 않고 미소 지었다. 이 순간 형운이 자신이 깨어나 있지 못했음을 안타까워할 정도로 아름다운 미소였다.

그녀를 밖으로 내보낸 뒤, 귀혁은 형운의 상태를 살펴보고는 나직하게 말했다.

"그렇다는구나, 형운아. 들었느냐?"

"……."

물론 형운은 대답하지 않았다. 하지만 귀혁은 상관하지 않고 말을 이었다.

"네가 이어주지 못할 이 사부의 업을 저 아이가 계승해 준다는구나."

"……."

"덕분에 이제는 정말 후련한 기분으로 너를 우리가 꿈꾼 곳으로 보내줄 수 있을 것 같다."

그러니까 이제는 제발 깨어나서 또 이 사부에게 건방지고 뻔뻔하고 투덜거려 보거라.

아무도 듣는 이가 없었건만, 결국 귀혁은 그 말은 차마 입 밖으로 내지 못하고 마음속에만 담아두었다.

9

형운이 잠든 후로 그와 가장 많은 시간을 보내는 사람은 귀혁도, 서하령도 아니었다. 바로 예은이었다.

아무리 기가 내부에서 폐쇄적으로 순환되는 시설을 만들었다고 해도 형운은 살아 있는 인간이다. 그렇기에 의식을 잃고 있는 그를 보살펴 줄 사람이 필요했고 예은은 기꺼이 그 역할을 맡았다.

예은은 매일 아침저녁으로 형운에게 향했다. 주변을 지키고 있는 영성 호위대원들을 거쳐서 안으로 들어가서는 물수건으로 정성껏 형운의 몸과 얼굴을 닦아주고, 죽과 물을 먹이고, 옷을 갈아입힌다.

옷을 갈아입히는 일은, 이 와중에도 형운이 용육보의를 입고 있기 때문에 반드시 필요했다. 먹을 것도 제대로 섭취할 수 없는 상황이라 용육보의를 통해서 직접 몸에다 영양을 공급해 주었던 것이다.

처음에는 형운의 맨몸을 볼 때마다 부끄러워서 얼굴이 새빨개졌다. 하지만 그것도 수십 번을 반복하다 보니 이제는 아무렇지도 않게 하게 되었는데…….

"…예은아?"

상의를 벗기고 하의를 벗기고 있을 때 아무런 조짐도 없이 깨어난 형운과 눈이 딱 마주쳐 버렸다.

"……."

잠시 시간이 정지한 것 같은 정적이 그 자리에 흘러갔다.

돌처럼 굳어 있던 예은은 자기도 모르게 아래로 시선을 던졌다. 자연스럽게 형운의 시선도 그쪽으로 따라갔다.

막 다리를 들어 올리고 바지를 벗기고 있는, 바로 그곳에!

"……."

형운은 의미를 모르겠다는 표정을 짓고 있었다. 눈으로 보면서도 무슨 상황인지 이해하지를 못하고 있는 것이다.

그 앞에서 예은의 얼굴이 서서히 붉게 물들어갔다. 그러다가 마침내 사과처럼 새빨개지자 예은이 폭발했다.

"꺄아아아아아아아! 난 몰라! 몰라몰라몰라몰라!"

예은이 반쯤 바지를 벗겨낸 형운의 다리를 집어 던지고 몸을 돌렸다. 막 깨어나서 정신이 없던 형운은 그대로 휘청 정신을 잃고 데굴데굴 굴렀다.

"우왁!"

형운 입장에서는 그야말로 마른하늘의 날벼락이었다. 자다 깼더니 여동생처럼 여기는 소녀가 자기 바지를 벗기고 있다니 이게 도대체 무슨 괴사(怪事)란 말인가?

"아, 공자님!"

당황해서 몸을 돌렸던 예은이 다시 형운과 눈이 마주쳤다. 그러더니 마치 차축이 나간 마차처럼 덜컥 그 자리에 멈춰 버린다.

"예, 예은아."

"그게, 그게… 그러니까……."

예은은 당장에라도 울음을 터뜨릴 듯이 울먹거렸다. 당황한 형운이 양손을 들며 그녀를 진정시키고자 노력했다.

"예은아. 진정해, 진정. 무슨 일이 있었던 건지는 모르겠지만……."

하지만 예은은 조금도 진정하지 못했다. 얼굴이 새빨개진 채로 눈이 빙글빙글 도는 것 같더니 도무지 이성적인 사고가 이루어지질 않는다.

"제가, 제가 공자님 옷을 갈아입혀 드려야 해서……."

예은은 고장 난 기관 장치처럼 더듬거리면서 형운에게 다가왔다. 반쯤 벗겨진 바지로 손을 향한 채로!

당연히 형운은 대경실색해서 뒤로 물러났다.

"잠깐! 거기 그대로 있……."

문제는 형운의 몸 상태가 정상이 아니라는 것이다. 게다가 바지가 반쯤 벗겨지다 말아서 반사적으로 다리를 움직이다가 꼬이고 말았다.

"우와!"

형운이 호쾌하게 앞으로 엎어지면서 반사적으로 낙법을 시전, 공처럼 데굴데굴 굴렀다.

"꺄악!"

거기에 예은의 비명이 덧씌워졌다. 데굴데굴 구른 형운이 그대로 예은을 덮쳐서 쓰러뜨렸던 것이다.

"으윽, 이게 도대체 무슨……."

고개를 흔들어서 정신을 차린 형운은 문득 자신을 바라보는 시선을 느꼈다. 그리고 고개를 들었다가…….

"허억!"

혼비백산해서 비명을 질렀다.

문 앞에서 가려가 자신을 내려다보다가 실로 미묘한 표정을 지으며 시선을 피하고 있었다.

"아니, 저기, 가려 누나. 이건 말이죠."

"안에서 비명이 들려와서 놀라서 왔는데… 이런 일일 줄은 몰랐습니다. 방해해서 죄송합니다. 설마 일어나시자마자 예은이를 덮치실 줄은."

"아니에요! 그게 아니라고!"

"하지만 그게……."

가려가 흘끔 곁눈질을 했다. 자연스럽게 그 눈길을 따라간 형운이 흠칫 굳었다.

예은이 그의 아래쪽에 깔린 채로 눈물이 그렁그렁해져 있었다.

"……."

이 상황을 객관적으로 생각해 보자.

상의를 벗고 맨몸으로 작고 가녀린 소녀와 몸을 밀착, 바지는 반쯤 벗은 상태로 서로 숨결이 닿을 정도로 얼굴을 가까이하고 있고 여자는 당장에라도 울음을 터뜨릴 것 같은 표정을 짓고 있다면?

'누가 봐도 내가 억지로 덮친 걸로 보이겠네?'

가려가, 비록 복면으로 입을 가리고 있기는 하지만 눈매만으로 당장에라도 혀를 차고 싶은 걸 참는다는 걸 알 수 있다는 표정으로 말했다.

"공자님, 그렇게 안 봤는데… 남자셨군요."

"아냐!"

"괜찮습니다. 남자는 다 짐승이니까요."

"아니라고요! 잠깐만, 가려 누나! 나가지 마! 사람 말을 좀 들어보라고요!"

하지만 형운의 외침도 공허하게 가려는 재빨리 문 밖으로 자취를 감추고 말았다. 허공에 헛되이 뻗었던 손을 내리면서, 형운은 멍하니 생각했다.

'이거 혹시 악몽 아냐? 제발 누가 아직 눈 뜨기 전이었다고 말해줘!'

뭐가 뭔지는 하나도 모르겠지만, 여하튼 오랜만에 눈을 뜬 형운의 하루는 최악으로 시작되었다.

10

형운이 깨어났다는 소식은 곧 주변에 쫙 퍼져 나갔다. 총단 전체가 형운의 상태를 예의 주시하고 있었기 때문에 입단속을 할 틈이 없었다.

모두가 그의 상태를 궁금해하고 있었다. 과연 깨어난 형운이 일월성신을 이루었는지.

그러나 정작 당사자인 형운은 일월성신이고 나발이고 그딴 거 신경 쓸 겨를이 없었다. 얼굴이 새빨개진 채로 귀혁과 마주 앉아서 놀림을 받고 있었기 때문이다.

"내 제자도 한창때의 소년이라는 걸 깜빡했구나. 하긴 그 나이 때는 자나 깨나 야한 것만 밝혀도 이상하지 않지. 아무렴. 반년이나 뻗어 잤으니 깨어나서 여자를 보자마자 쌓인 욕구가 폭발해서 짐승이 되는 것 정도는 당연하다고 할 수 있다."

"으으, 제발 그만하세요. 계속하시면 저도 가만 안 있을 거라구요."

"호오, 가만 안 있으면 뭘 어쩔 거냐? 궁금하구나."

"울 겁니다."

"……."

"진짜예요. 울어버릴 거라고요."

허를 찌르는 대답에 귀혁이 드물게 멍청한 표정을 지었다. 그를 충혈된 눈으로 바라보던 형운이 탁자에 고개를 처박고 끙끙거렸다.

"아으, 제가 무슨 죄를 지었다고 이런 횡액을 당해야 하냐고요."

"무슨 죄를 지었긴. 반년 동안이나 퍼 자면서 사람들을 걱정시킨 죄지."

“아니, 그거 제가 그러고 싶어서 그런 게 아니거든요? 원인을 따지자면 사부님 아니에요? 해와 달과 별의 일월성단을 한 몸에 처묵처묵해서 일월성신을 이룬다는 사부님의 야심을 이루는 시험대에 올랐다가 이렇게 된 거잖아요!”

“거 듣기가 좀 그렇구나. 어디까지나 널 위한 일이었는데. 남들은 그중 하나라도 먹고 싶어서 안달을 내는데…….”

“검증되지 않은 위험은 제가 짊어지고요. 사부님이 괜찮다고 해서 철석같이 믿고 받아들였건만!”

그 말에는 귀혁도 좀 찔리는지 슬그머니 시선을 피한다. 실로 드문 일이었다.

하지만 그럴 수밖에 없는 것이, 이번에는 언제나 무학자로서 자신만만했던 그의 자존심에도 금이 간 것이다. 확실히 일월성신에 대해서는 성운을 먹는 자 일맥의 연구에도 가설로만 남아 있는 부분이라서 결과를 예측하지 못했다. 충분한 준비를 갖추었다 자신했건만 형운에게 상당한 위험을, 제대로 이해하지 못한 채로 감수하게 한 게 사실이었다.

귀혁이 멋쩍은 듯 헛기침을 했다.

“흠흠, 뭐 결과적으로 괜찮았지 않느냐?”

“다시는 돌아오지 않는 꽃다운 열일곱 살의 삶을 반년도 넘게 날려먹었지만 말이죠.”

“…내 제자가 이렇게 시적인 표현까지 써가면서 나를 구박하다니. 격세지감이 느껴지는군."

"본의 아닌 사고에 휘말린 제자를 짐승 취급하는 사부님을 구박하기 위해서라면 시인이 아니라 학자도 될 수 있을 것 같은데요."

형운이 콧방귀를 뀌었다. 그러다가 한숨을 푹 쉬었다.

"아, 이건 진짜 억울해요. 반년이라니! 내가 반년이나 퍼자고 있었다니! 이건 무슨 겨울잠 자는 곰도 아니고!"

눈을 뜨니 그새 반년이 지나갔다는 사실을 알았을 때 형운의 충격은 대단했다. 그동안 어느 정도 시간이 흘러갔을 거라고는 생각했지만 반년이나 지나갔을 줄이야. 소중한 인생을 도둑맞은 기분이다.

잠시 형운이 진정하기를 기다리던 귀혁이 넌지시 물었다.

"그런데… 그래서 어떠냐?"

"뭐가요?"

형운이 퉁명스럽게 물었다. 삐딱하기 그지없는 눈빛에 귀혁이 다시 슬그머니 시선을 피한다.

"그러니까, 그거 말이다. 일월성신."

"오호라."

형운의 눈빛이 얼음장처럼 싸늘해졌다.

"제자가 소중한 인생을 반년이나 잃어버렸다는 사실에 상처받아서 괴로워하는데 달랠 말을 생각해 주시지는 못할망

정, 당장 그런 것부터 물으셔야 직성이 풀리신다 이거죠?"

"아니, 그러니까 말이다……."

"사부님 마음을 아주 자알 알았습니다. 훙, 그래요. 제 마음이 어떤지보다 무학자로서의 궁금증이 우선한다 이거죠? 소원대로 알려 드릴게요. 됐어요, 일월성신."

"정말이냐?"

귀혁이 벌떡 일어났다. 그러다가 잔뜩 찌푸린 형운의 표정을 보고는 슬그머니 다시 자리에 앉으며 변명했다.

"으음. 네 상태를 정확히 알아야 할 것 아니냐. 아무도 이루지 못한 미지의 상태다 보니 나중을 위해서라도 정확한 상태를 파악해야 한다."

"네에, 그렇겠죠."

"너무 토라지지 말거라. 이 사부가 너를 얼마나 걱정했는지 아느냐?"

"저도 그랬을 거라고 믿고 싶은데… 사부님의 태도를 보니 자꾸 믿음이 흔들리네요."

"허허. 이거 어떻게 해야 내 마음을 믿어줄꼬."

난처해하던 귀혁이 문득 한 가지 해결책을 떠올렸다.

"내가 지금 반드시 네 상태를 알아야 하는 이유를 하나 말해주마. 아마 너도 납득할 게다."

"뭔데요?"

"네 상태를 정확히 알아야 뭘 먹일지 결정할 수 있을 것 아니냐. 몸 상태가 영 안 좋으면 당분간은 약선의 죽이나 먹어야 할 거고, 그게 아니면 영양 보충이 시급한 때이니 모처럼 주방장에게 솜씨를 부려보라고 해야……."

"무엇이든 물어보시죠. 아, 참고로 저 아주 멀쩡해요. 정신도 말끔하고 강철이라도 씹어서 소화시킬 수 있을 것 같은 상태예요. 그러니까 굳이 먹을 거라면 고기가 좋아요, 고기!"

"…이거 참. 내가 내 제자를 참 잘 알고 있다는 걸 확인하기는 했는데 왜 기분이 이런지 모르겠군."

광속으로 태도를 바꾸는 형운을 본 귀혁은 떨떠름한 표정으로 투덜거리고 말았다.

11

형운은 일월성신을 이루었다. 스스로 그 사실을 확신했다.

"어떻게 그럴 수 있는 게냐?"

"음, 글쎄요. 그냥 알아요."

"그냥?"

"이렇게 말하면 저도 좀 정신 나간 것처럼 들릴 거라는 거 아는데… 저 이제 제 몸 안을 들여다볼 수 있어요."

"음? 그게 무슨 소리냐?"

"그러니까, 음. 어떻게 설명해야 하지……."

형운은 잠깐 고민하다가 설명했다.

"우리는 원래 의념으로 기를 통제하고, 그 감각을 심상에 그려서 내부의 상태를 파악하잖아요."

"그렇지."

그것이 내공을 연마할 때의 기초적인 공부였다.

내공을 연마한 무인이라면 당연히 내면을 관조해 상태를 파악할 수 있다. 그렇지 않다면 어떻게 기심에서 나와 기맥을 따라 순환하는 기의 흐름을 조절할 수 있겠는가?

그러나 그 과정은 상상으로 이루어진다. 기감을 통해 받아들인 정보를 스스로에게 가장 잘 맞는 주관적인 형태로 심상에 그려냄으로써 상태를 파악하는 것이다.

"그런데 저는 이제 그냥… 제 몸 안을 열고 들여다보는 것처럼 상태가 명확하게 보여요."

깨어난 후에 처음으로 운기를 했을 때, 형운은 그러한 변화를 깨닫고 경악했다. 몸속을 휘도는 기의 운행이 너무나도 세세하고 뚜렷해서 아무런 상상력을 동원하지 않아도 필요로 하는 모든 정보를 얻을 수 있었다.

"제 안에서 해와 달과 별의 힘이 하나가 되어서 안정되었다는 걸 알 수 있어요."

"흠. 잠시 손을 줘보거라."

귀혁은 형운의 손을 잡고 맥을 짚어보았다.

형운의 상태는 겉으로 봐서는 뭐가 달라진 건지 잘 알 수가 없었다. 잠들어 있는 동안에는 피부가 은은하게 빛을 발했지만 지금은 정상으로 돌아왔고 외견상으로는 눈에 띄는 변화가 보이지 않는다. 어디까지나 그동안 비쩍 말라서 안쓰러워 보일 뿐이다.

하지만 기맥을 살펴보자 대번에 달라진 것을 알 수 있었다.

'놀랍군. 기대 이상이야.'

정말로 형운의 육체가 변화했다.

물론 이전에도 온갖 수단을 통해서, 단순히 무공을 연마한 것만으로는 불가능한 체질 개선을 해왔다. 그 결과 형운은 감극도를 익힐 수 있었고 순수 혈통의 인간이라고는 생각할 수 없을 정도로 뛰어난 신체 능력을 가질 수 있었다.

지금은 반년 전과 비교할 때 확연히 달라졌다.

전신의 기맥에 막힌 곳이 없이 기가 도도하게 흐르고 있었으며, 그 기운은 놀라울 정도로 농밀했다. 형운의 내공이 6심에 도달했으니 전신에 기가 충만한 거야 당연했지만 요는 그 질이다. 전신의 기맥이 다 뚫렸다고 해서 끝이 아니다. 기맥이 기를 통과시키는 통로로서 얼마나 깨끗하고 튼튼하냐가 중요하다.

지금의 기맥에 쌓여 있던 탁기가 놀라울 정도로 말끔하게 씻겨 나갔다. 기가 흐르는 데 아무런 장애가 없어서 기의 흐름이 매끄럽기 그지없었다.

또한 기의 질이 변했다.

이전까지, 광혼심법을 연마한 형운의 기운은 이렇다 할 특성이 없었다. 그저 우직하게 그릇을 넓히고 정순하고 정제한 기운을 담는 데 주력할 뿐이었다.

그러나 지금은… 그 어느 때보다도 압도적인 생명력이 느껴진다. 정순하다고 표현할 수 있는 수준을 넘어서 생명이 처음부터 갖고 태어나는 근원적인 힘, 원기(元氣)에 가까우면서도 끝없이 확장되고자 하는 기운이 형운 안에서 도도하게 흐르면서 진가를 드러낼 때를 기다리고 있었다.

"허어, 환골탈태(換骨奪胎)했구나."

"엥? 환골탈태요?"

형운이 눈을 휘둥그레 떴다. 그리고는 어이없어하며 묻는다.

"환골탈태라면 뭐 몸 안의 기맥이 천지간의 기운을 받아들이는 수준으로 개통되었을 때 전신이 영롱한 빛을 발하면서 낡고 더러운 것들이 빠져나가고 한순간에 이상적인 무골로 변화한다는 그거 아닌가요?"

"어디서 주워들은 건 있어갖고 무식을 자랑하는구나."

"어느 부분이 무식한 건데요?"

"전부 다."

귀혁이 코웃음을 쳤다.

"환골탈태는 원래 한순간에 일어나는 게 아니라 충분한 기간 동안 일어나는 현상이다. 짧아봤자 며칠이고 변화의 폭이 크면 클수록 기간이 길어지지. 인간의 몸은 원래 그렇게 급격한 변화에 버텨낼 수 있는 구조가 아니란다. 그리고 늘 낡은 것을 내보내고, 새로운 것으로 빈자리를 채우니 사실상 몇 개월만 지나도 네 몸은 그 전과는 다른 것으로 이루어지는 셈이니라."

"그게 환골탈태예요?"

"인체에서 당연히 일어나는 현상을 갖고 거창한 호칭으로 부르지는 않는다. 환골탈태는 사람이 지닌 기운이 격변하면서, 그것이 육체에 극적인 영향을 끼쳐서 보다 좋은 상태로 거듭나는 걸 말하지. 쉽게 경험할 수 없는 기연인 건 맞다."

"그러니까 제가 기연을 겪었다 이거죠?"

"그렇단다. 그것도 내가 본 사례 중에 가장 변화의 폭이 크구나."

환골탈태라는 말의 뜻만 놓고 보면 그 현상을 겪었을 때 완전히 다른 상태가 되는 걸로 보인다. 하지만 실제로는 그렇지 않았다. 몸에서 나쁜 부분이 빠져나가거나, 체질적으로 좀 더 좋은 쪽으로 변화하는 정도다. 물론 그것만으로도 몇 년 혹은 수십 년에 걸쳐 일어났어야 할 변화를 집약시켜 놓은 수준이지만 형운이 겪은 변화는 완전히 격이 다르다.

"그런데도 내공 수위는 변화가 없으니 그것도 묘하긴 하군."

이런 놀라운 변화에도 불구하고 형운의 내공 수위는 여전히 6심이었다.

해와 달과 별의 힘이 하나로 융화되면서 경탄스러운 상승작용을 일으켰지만, 그게 양적인 팽창을 가져온 게 아니라 인체라는 그릇과 거기에 담긴 내용물의 질을 크게 개선시켰다. 사실 이것은 내공 수위가 높아지는 것보다 훨씬 놀라운 일이었다.

형운이 말했다.

"확실히 내공 수위 자체는 그래요. 근데 원래 6심쯤 되면 더 위로 올라가기 힘들지 않나요?"

"그렇기는 하다."

내공이라는 게 무조건 열심히 연마한다고 해서 죽죽 늘어나는 게 아니다. 비약을 먹어서 늘릴 수 있는 양에도 한계가 있다. 내공 수위가 한 단계씩 올라갈 때마다 그 위로 올라가기 위한 난도는 기하급수적으로 올라가기에, 아무리 일월성신을 이루었다고 해도 아직 열일곱 살에 무공을 연마한 지 4년여밖에 안 된 형운이 7심을 바라본다면 하늘의 장난이 아닌지 의심해 봐야 할 것이다.

'문제는 실제로 바라보고 있단 말이지.'

형운의 성장은 하나부터 열까지 귀혁이 계획하고 진행해 왔다. 하지만 중간중간, 예상보다 극적인 성장을 이룬 부분이 많아서 원래의 구상보다 말도 안 되게 진도가 빨랐다.

'이래도 되는 건가 싶을 정도로.'

귀혁조차 그렇게 생각할 정도로 형운의 성장은 기이하기 짝이 없었다.

형운이 말했다.

"근데 내공 수위는 그대로여도 기의 수발은 전보다 훨씬 나아진 것 같아요. 제가 이렇게 움직이면 좋겠다, 여기로 가면 좋겠다 싶으면 바로 그렇게 되거든요."

그것이야말로 무공의 핵심이다. 자기가 상상한 대로 몸이 반응하는 것. 그리고 원하는 대로 기가 움직이는 것.

어떤 의미에서 일월성신이 된 형운은 무공의 이상 중에 하나를 이루어내고 있었다.

귀혁이 조금 허탈하게 웃었다.

"이 사부가 보기에도 그럴 것 같구나. 허허, 놀라운 일이야. 이 수준에 도달하기 위해서 앞으로 10년은 걸릴 거라고 예상했건만, 일월성신은 우리가 예상했던 걸 훨씬 뛰어넘는 경지였구나."

"여태까지 한 일들이 이런 상태를 위해서였어요?"

"그래."

"그럼……."

형운의 눈이 반짝반짝 빛났다.

"이제 약선 안 먹어도 돼요?"

지금까지 의식주를 총동원한 작업들은 모두 형운의 육체를 보다 뛰어나게 만들기 위함이었다. 그런데 목적을 달성했다면 더 이상 고통받을 필요가 없지 않겠는가?

귀혁이 빙긋 웃었다.

"물론 안 된다."

"어째서요!"

"네 지금 상태가 내가 목표로 한 궁극은 아니기 때문이다."

"으……."

"다만 순서가 좀 바뀌었을 뿐이다. 뭐, 기간은 많이 단축될 것 같구나. 당분간 상태를 지켜봐야 알겠지만 아마 이제 잘 때는 그냥 자도 될 거다. 해와 달과 별의 힘이 하나로 융화된 지금 음양(陰陽)의 기운을 번갈아서 받아들이는 건 의미 없을 고행일 것 같으니……."

"어, 진짜요?"

형운이 희색을 띠었다. 귀혁이 말했다.

"대신 다른 수련을 도입할 수 있을 것 같아 이 사부는 매우 기쁘단다."

그 말에 형운의 표정이 금세 넝마처럼 구겨지고 말았다.

제19장
영성의 제자단

성운을 먹는 자

1

형운이 잠들어 있는 동안, 귀혁은 열 명의 아이로 구성된 제자단을 만들었다. 모두 장로회가 추천한 열 살 전후의 인재들로 귀혁의 시험을 통과해서 제자단에 들어올 수 있었다.

비록 이런저런 일로 귀혁이 바쁘기는 했지만, 그들은 각자 자신에게 맞는 무공을 전수받고 수련을 위한 과제를 부여받았으며 일정한 단계를 넘을 때마다 비약 등의 보상을 받았다. 또한 이전보다 훨씬 좋은 수련 환경이 주어졌기에 대단히 빠른 성장을 보이고 있었다.

그중에 강연진이라는 열한 살 소년이 있었다.

체구가 작고 고집스러운 눈매를 가진 강연진은 운 장로의 입김이 닿은 아이였다. 원래 별의 수호자 소속이 아니었으며 정통 무인의 제자도 아니었다.

운 장로가 강연진을 눈여겨본 이유는 가정 사정 때문이었다.

강연진은 동네 무관에서 관장이 깜짝 놀라서 자기가 배운 문파에 추천장을 쓰려고 할 정도로 빼어난 재능을 보였다. 하지만 어느 날 갑자기 무관을 그만두고는 소식이 끊겼다.

이유는 가정 사정이었다. 넉넉하지는 않아도 부족하지도 않은 집안이었으나, 강연진의 모친이 중병에 걸리면서 급격하게 가세가 기울어갔다. 설상가상으로 강연진의 아비도 큰 부상을 입으면서 강연진의 형과 강연진이 동생들을 위해 일을 나가야 하는 처지가 되었다.

이때 운 장로가 구원의 손길을 내밀었다.

'영성의 제자가 되어 그의 무공을 터득하면서 그에 대한 정보를 내게 가져오거라.'

설령 영성의 제자가 되지 못하더라도 별의 수호자 소속의 무사가 될 길을 열어주고, 부모를 치료해 주겠다고 하니 강연진은 그의 은혜에 깊이 감사했다.

하지만 문제는 강연진이 탁월한 무골이기는 해도, 별로 요령이 좋은 아이는 아니었다는 점이다.

2

"저기……."

상대가 자기를 돌아보며 한 말에 강연진은 깜짝 놀라서 기둥 뒤에 숨었다.

최근 운 장로가 가장 원하는 것은 사부의 첫 번째 제자, 형운에 대한 정보였다. 반년 동안이나 가사 상태에 빠졌다가 깨어난 형운이 어떤 상태인지 사소한 것이라도 좋으니 알게 되는 것은 모두 보고해 달라는 지시를 받았다.

은인의 명인데 허투루 할 수는 없었다. 강연진은 적극적으로 행동에 나섰다.

형운이 거처에서 나올 때마다 그를 뒤쫓으며 관찰하기 시작한 것이다.

"음. 누군지는 모르겠지만 좀 나와볼래?"

나름 몸을 숨기면서 관찰했다고 생각했지만 형운이 그걸 못 알아차릴 리가 없었다.

"……."

하지만 강연진은 숨소리조차 내지 않고 기둥 뒤에 찰싹 붙어 있었다.
고개를 갸웃하던 형운은 한숨을 쉬며 기둥으로 다가갔다. 그리고 옆으로 돌아갔다.
그 움직임을 감지한 강연진이 고양이처럼 소리 없는 발걸음으로 반대편으로 움직인다. 형운이 아무리 돌아도 잡을 수 없도록.
하지만 형운은 금세 그 움직임을 읽고는 반대쪽에서 나타났다.
"너 누구야?"
"윽."
강연진이 당황했다. 이렇게 쉽게 들키다니? 과연 대사형답다.
하지만 여기서 붙잡힐 수는 없다. 자기가 뭘 하고 있었는지 들킨다면 은인인 운 장로에게 폐가 되지 않겠는가?
그렇게 생각한 강연진은 곧바로 형운에게 주먹을 뻗었다.
팟!
형운이 몸을 거의 움직이지도 않고 한 손만 움직여서 그걸 쳐 냈다. 하지만 그건 강연진도 예상한 바였다. 기다렸다는 듯이 몸을 돌려서 달아난다.
"아니, 도대체 무슨……."
형운은 어처구니가 없어서 전속력으로 도망가는 강연진의

뒷모습을 바라보고만 있었다. 따라가서 잡아볼까 하는 생각도 들었지만 괜히 어린애를 핍박하는 것 같아서 달갑지가 않았다.

머리를 긁적이던 형운이 허공에다 대고 물었다.

"누나, 재 누구예요?"

형운은 아직 제자단의 아이들과 만난 적이 없었다. 그래서 한 번도 본 적 없는 얼굴에, 이곳에서 직무를 맡아서 행하는 이들과는 확연히 다른 자유로운 복장을 하고 있는 강연진을 보니 의아했다.

가려의 대답이 돌아왔다.

"공자님의 사제분 되십니다."

"내 사제?"

형운이 눈을 휘둥그레 떴다. 잠시 당황하다가 묻는다.

"어, 그동안 사부님이 들이신 제자단이요?"

"네."

"…그렇구나."

형운은 왠지 신기한 기분이 들어서 강연진이 사라진 자리를 바라보았다.

"내 사제라… 그거 참 묘한 기분인데."

그동안 죽 형운은 귀혁의 유일한 제자였다. 그와 귀혁의 관계에 누군가가 끼어들 수 있으리라는 것을, 머리로는 알고 있어도 좀처럼 현실의 일로 상상하지 못했다.

그래서 사제가 생겼다는 사실이 굉장히 생소하고 신기한 기분이 들었다.

"하여튼 별난 녀석일세."

3

형운은 깨어난 후 두 달 동안은 격한 활동을 자제하고 기공 수련만을 하면서 느긋하게 보냈다.

일월성신을 이루었다고는 하나, 반년 동안이나 가사 상태에 빠져 있던 육체는 많이 쇠약해져 있었다. 기감은 더없이 예리해졌지만 몸은 비쩍 말라서, 일단 영양을 보충하고 기공 치료를 병행해서 상태를 회복하는 데 힘썼다.

그러다 보니 어느덧 연말이 되어 있었다.

"아으, 올해는 그냥 통째로 날려먹었는데 나는 왜 연초 같은 연말에도 이 짓을 하고 있어야 하는 걸까."

형운은 천장에 거꾸로 붙은 채로 투덜거렸다.

벽을 타기 위한 무공, 벽호공(壁虎功) 수련이었다. 이 수련을 꾸준히 해왔고 내공이 심후한 형운은 이제 손을 쓰지 않고도 벽을 수직으로 올라가는 것은 물론, 천장에 거꾸로 붙어서 걸어 다니는 것도 거뜬했다.

물론 수련이 그것만으로 끝나지는 않는다. 천장에 그려진 족적을 정해진 시간 내에 정확한 순서로 밟고 이동해야 하며 그동안 사방에서 기관 장치가 모래주머니를 쏘아댄다.

형운이 그것을 방어하는데 아래쪽에서 긴 봉을 들고 찔러 오는 이가 있었다.

"윽."

살기가 없기는 하지만 소름 끼칠 정도로 정확한 공격이다. 형운의 손발이 모래주머니를 막느라 바쁜 틈을 정확히 찔러 온다.

어느 정도냐 하면 그냥은 막기가 어려워서 무심반사경까지 동원하고 있었다.

"한참 자다 깨서 감이 둔해졌을까 싶었는데 그렇지는 않네?"

봉을 찌르는 것은 서하령이었다. 그녀는 귀혁의 요청으로 형운의 수련을 도와주고 있었다.

일월성신을 이룬 것만으로도 형운의 감극도는 한발 더 나아갔다.

감극이 이전보다 훨씬 좁아졌으며 그 반응도 예민해졌다. 감극도가 이상으로 삼는 여의(如意)의 경지까지는 아니지만 거의 2단계의 끝에 도달했다고 봐도 좋았다.

천라무진경을 터득한 서하령은 그런 형운의 약점을 찌르를 수 있는 귀중한 수련 상대였다. 그녀는 형운의 몸이 행동을 결정하고 움직이기 전에 드러나는 기의 조짐을 읽어내서 귀신같이 허점을 찾아 찔렀다.

한 식경(약 30분) 동안 이루어진 수련에서 형운은 서른 번도 넘게 서하령의 봉에 찔렸다.

"크윽, 젠장."

"아직 멀었네. 아저씨라면 이런 공격쯤 하품을 하면서 다 받아내실 텐데."

"그야 사부님이라면 당연하지."

형운이 투덜거렸다.

허공에 매달려서 정해진 족적을 밟느라 양발은 묶인 상태에 자세도 제약되고, 기공파 계통의 기술은 써서는 안 되니 어디까지나 양팔만으로 모든 공격을 막아내야 한다. 그런데 사방에서 모래주머니가 쏘아지는 상황에서 서하령이 틈을 노리니 버텨낼 재간이 있나?

서하령이 말했다.

"그래도 놀랐어. 이만큼밖에 못 때릴 줄은."

"그만큼 때리고도 부족해?"

"백 대는 넘게 때릴 생각이었는데."

"이 흉신악살녀 같으니."

"어머나, 순수한 선의로 네 수련을 도와주고 있는 내게 그런 폭언을."

"나 때릴 때마다 좋아 죽는 사람한테는 그래도 돼."

"뻔뻔하기도 해라."

서하령이 기가 막혀했다. 하지만 이제 형운은 그 정도로는 흔들리지 않는 남자가 되어 있었다.

어쨌든 서하령은 내심 진지하게 놀랐다.

'정말 반응이 엄청나게 빨라졌어.'

서하령이 절대적으로 유리한 상황이었고 매번 허와 실을 병행해서 자신 있게 공격을 넣었는데도 형운의 반응이 너무 빨라서 반 이상이 막히고 말았다.

형운이 말했다.

"아무래도 좀 이상하단 말야."

"뭐가?"

"내가 생각한 거랑 어긋나는 부분이 너무 많아."

"응?"

서하령이 고개를 갸웃했다.

형운이 설명했다.

"음, 그러니까 내 몸은 뭘 하려고 생각하면 거의 그대로 움직여."

"누가 들었으면 굉장히 당연한 소리를 대단한 것처럼 하는 바보로 보겠지만……."

하지만 형운이 무슨 뜻으로 말하는지는 서하령도 잘 안다. 그녀가 물었다.

"그런데 뭐가 문제인데?"

"생각하는 대로 움직이긴 하는데 생각하는 대로 되진 않네?"

"…굉장히 바보 같은 소리를 듣는 기분인데?"

"그렇지?"

형운이 머리를 긁적였다. 그리고 팔짱을 끼고 고민하더니 다시 말했다.

"그러니까 수련이든 실전이든 '이걸 해본 적은 없지만 할 수 있다!' 는 확신이 드는 때가 있잖아?"

"응."

"지금도 수련하면서 그렇게 생각한 국면이 몇 번 있었는데, 실제론 안 됐어. 이상하네."

형운은 답답한 듯 인상을 찌푸렸다.

일월성신을 이루기 전에는 이런 일이 없었다. 할 수 있다고 확신하기보다는 할 수 있는지 의문을 품을 때가 많았기에, 형운이 할 수 있다고 여기면 그건 정말 여유 있게 할 수 있는 수준이었다.

그런데 일월성신을 이룬 후에는 상황이 달라졌다. 자꾸만 할 수 있다고 생각한 상황에서 실패한다.

설명을 들은 서하령이 말했다.

"응. 무슨 말을 하는지 알겠어."

"그래?"

"그러니까 네가 주제 파악을 못 하고 있다는 거지?"

"…하나도 못 알아들었잖아!"

"내가 틀린 말을 한 것 같지는 않은데. 사실 흔히 있는 일이잖아?"

"응?"

"자기 기량을 제대로 파악하지 못하는 거. 할 수 있는 일과 할 수 없는 일을 구분할 수 있는 건 굉장히 중요한 일이지. 지금 네가 머릿속으로 생각하는 스스로의 능력이 현실의 능력보다 미화되어 있다는 거야. 그 감각의 어긋남은 치명적이지. 크게 다치기 전에 빨리 바로잡는 게 좋아."

"음. 사부님도 비슷한 말씀을 하시긴 하셨지. 표현은 달랐지만."

"귀혁 아저씨는 상냥하고 배려심 넘치시는 분이니까."

"…그건 좀 아니라고 본다만."

입술을 삐죽이던 형운은 고개를 갸웃하며 생각했다.

'근데 아무리 생각해도 뭔가 다른 것 같단 말이지?'

하지만 말해봤자 서하령에게서 좋은 소리는 못 들을 것 같아서 그냥 가슴속에만 담아두었다.

4

수련장을 나서면서 형운이 말했다.

"그럼 사제를 좀 만나봐야겠는데……."

"제자단?"

"응."

"아직 안 만나본 거야?"

"아홉 명은 만나봤어."

형운이 공식적으로 활동을 시작하자 제자단에 속한 아이들이 차례차례 인사를 하러 다녀갔다. 하지만 단 한 명만은 여태까지 얼굴을 보이지 않았다.

"강연진이라는 녀석인데… 이 녀석도 사실은 만나봤다고 해야겠지."

"무슨 뜻이야?"

"정식으로 인사한 적은 없는데, 몇 번 본 적은 있거든. 종종 나를 염탐하더라고?"

"염탐?"

서하령이 눈을 크게 떴다.

이해 못 할 이야기는 아니다. 때로 같은 사부 밑에서 배운 사형 사제는 가족처럼 끈끈한 사이가 아니라 정치적인 경쟁자가 된다. 많은 이권을 가진 문파에서는 종종 볼 수 있는 일이고 별의 수호자, 특히 영성의 제자라는 자리는 가족처럼 훈훈하고 끈끈한 친애의 정보다는 치열한 경쟁심으로 서로를 보게 될 수밖에 없는 자리다.

형운이 피식 웃었다.

"그런 거창한 이야기는 아니고… 애가 대놓고 무슨 첩자처럼 나를 따라다니면서 보는 거야. 그렇다고 가려 누나처럼 절묘하게 은신하는 것도 아니고 기척만 감춘 채로 어설프게 몸을 숨기는 정도라서 무슨 생각으로 저러는지 궁금하더라니까."

"이상한 아이네?"

"그렇지? 뭐 그래서 한 번쯤 만나보려고."

"다른 애들은 어땠어?"

"그야 당연히 다들 공손하게 존경심을 표했지. 겉으로는."

"그럼 속으로는?"

"처음 봤는데 무슨 생각을 하는지 알 게 뭐야? 뭐 몇 놈은 나를 경쟁자로 보는 속내가 빤히 보이기는 하던데 그거야 다 예상한 일이고."

형운도 제자단의 아이들과 서로 존경하는 훈훈한 관계가 될 수 있으리라는 기대는 처음부터 하지 않았다. 제자단의 성립 과정부터 영성의 제자라는 자리가 어떤 의미를 갖는지까지를 고려해 보면 당연한 일이다.

"그래도 뭐, 일단은 원만하게 지내기 위한 노력을 기울여야지. 잘 지낼 수 있을지 아니면 노골적으로 불편한 관계가 될지는 시간이 지나봐야 알 일이고."

"와아."

"응? 뭐야, 그 반응은?"

형운의 눈길에 서하령이 말했다.

"아니, 좀 놀라서."

"무엇에?"

"굉장히 냉정하게 상황을 파악하고 이야기하길래. 난 네가 아무 생각 없이 아저씨가 시키는 대로 수련만 하면서 먹을 거나 밝히는 줄 알았어."

"……."

뭐 서하령이 그렇게 봤어도 할 말은 없다. 딱히 형운이 다른 면모를 보여줄 일이 있었던 것도 아니고 하니…….

형운이 쓴웃음을 지었다.

"차라리 그럴 수 있으면 좋겠다만, 뭐 나도 사부님의 제자로서 어느 정도는 자각이 있어야겠지."

"좋은 마음가짐이야. 지금까지는 너무……."

"너무?"

"없어 보였어."

"…있어 보이는 사람이 될 정도로 마음의 여유가 넘치지 않았던 것뿐이라고."

가차 없는 서하령의 평가에 형운이 툴툴거렸다.

5

제자단이 머무는 거처도 영성의 거처 안에 있었다.

하지만 형운이 거하는 건물이 아니라 다른 건물을 수련 공간을 포함해서 증축했다. 형운과 서하령은 그곳에 가서 강연진의 방을 찾았다.

"아."

강연진도 오전 일과를 마치고 책상에 앉아서 뭔가를 쓰고 있던 참이었다. 그러다가 갑자기 형운과 서하령이 쳐들어오자 그대로 딱 굳어버렸다.

"……."

강연진은 왠지 식은땀을 흘리면서 형운을 바라보았다.

잠시 그를 바라보던 형운이 물었다.

"강연진, 맞지?"

"…네."

강연진이 딱딱하게 굳은 표정으로 대답했다. 누가 봐도 겁을 먹고 있다는 걸 알 수 있었다.

서하령이 물었다.

"혹시 쟤 괴롭혔어?"

"아니? 정식으로 보는 건 오늘 처음이라니까."

"근데 왜 애가 저렇게 겁먹었어?"

"음, 아마 저 애한테는 사람의 내면을 보는 신비한 능력이 있어서 겉모습은 참 예쁘지만 속알맹이는 지옥에서 올라온 악귀 같은 여자를 보고 겁에 질린 게 아닐……."

팍!

순간 형운과 서하령이 서로 반대편으로 한 걸음씩 물러났다. 서하령이 혀를 찼다.

"칫. 곡정이면 맞았을 텐데."

팔꿈치로 옆구리를 찌르는데 형운이 막아낸 것이다. 손이 얼얼할 정도의 위력이라 형운이 발끈했다.

"야! 누구 뼈를 분질러 놓으려고!"

"소녀에게 폭언을 퍼부은 죄는 무거워."

"뭐든지 정도라는 게 있는 법이라고."

툴툴거리던 형운이 강연진을 바라보았다. 강연진은 놀란 나머지 눈을 휘둥그레 뜨고 있었다.

'굉장해.'

형운과 서하령이 장난처럼 나눈 한 수는 실로 인상적이었다. 도저히 장난이라고는 믿을 수 없을 정도로 쓸데없이 수준이 높았다.

형운이 말했다.

"아, 미안해. 정식으로 인사도 하기 전에 이 폭력녀가 내면에서 끓어오르는 폭력성을 억누르지 못해서 그만."

"너, 내가 좀 더 네 수련에 적극적으로 참여할 의욕을 끌어내기 위해 열심이구나?"

"…미안해. 내가 잘못했다."

"비굴해. 아저씨의 제자라는 신분에 어울리는 품격을 갖추는 게 어때?"

"품격이 밥 먹여주는 건 아니야! 쓸데없이 아픈 것보다는 비굴한 게 낫다!"

"……."

얼굴에 철판을 깐 듯한 형운의 당당함에 서하령이 순간 멍청한 표정을 지었다. 얘가 이런 녀석이었던가?

하지만 그동안은 그녀가 거리를 두고 형운과 교류해 왔기 때문에 잘 몰랐을 뿐이다. 지난 4년간 귀혁 밑에서 고통받아온 형운은 심성이 묘한 방향으로 망가져 있었다.

형운은 고개를 돌려 강연진을 바라보았다.

"몇 번 본 적은 있지만 정식으로 인사하는 건 처음이지? 난 네 사형이 되는 형운이야. 갑자기 찾아와서 미안해. 근데 뭘 하고 있었어?"

부드럽게 말을 건네면서 다가간 형운은, 곧바로 강연진이 보인 반응에 놀라고 말았다.

"흡!"

넋 놓고 있던 강연진이 전광석화처럼 움직였다. 형운의 시선이 자기가 뭔가를 쓰고 있던 종이에 향하는 순간, 그것을 잡아채서 구기더니 그대로 입에 넣고 삼켜 버렸다.

"엥?"

형운이 당황했다. 이건 도대체 뭐 하는 짓이란 말인가?

"끅, 아무것도… 아닙니, 다… 꺽……!"

급하게 종이를 구겨서 삼킨 강연진이 꺽꺽거렸다. 그만 목에 걸리고 만 것이다.

"야, 어이! 가만있어 봐. 이게 뭐 하는 짓이야?"

형운과 서하령이 놀라서 비틀거리는 강연진을 붙잡았다. 강연진은 그 와중에도 필사적으로 그들에게서 떨어지려고 했지만 목에 종이가 걸려서 호흡곤란 상태인데 그럴 수 있을 리가 있나?

결국 형운이 그를 붙잡고, 서하령이 손가락으로 등의 기혈을 격타해서 종이를 토해내게 했다.

"컥, 헉, 헉, 허억……."

괴로운 숨을 토해내는 강연진을 토닥이며 형운이 말했다.

"남에게 보여줄 수 없는 창피한 비밀 일기라도 쓰고 있었나 보구나. 걱정 마. 난 그런 걸 굳이 캐낼 만큼 예의 없는 사람이 아니거든."

"그 말이 더 무례한 거 아니야?"

"신경 쓰지 마."

서하령의 지적을 무시하면서 형운이 강연진을 일으켜서 의자에 앉혔다. 강연진이 얼굴을 붉혔다.

"감사합니다."

운 장로의 지시를 받은 몸이라 형운을 적대하기는 하나, 방금 전에 정말 쓸데없이 목숨이 위험해졌다가 구명을 받은 것은 사실이다. 그렇기에 강연진은 솔직하게 감사를 표했다.

형운이 손을 내저었다.

"나보다는 하령이한테 고마워해야지. 난 점혈(點穴) 같은 건 잘 못하거든."

"네?"

강연진이 어이없어하며 물었다. 타인의 기혈을 격타, 기를 불어넣어서 특정한 효과를 일으키는 점혈법은 분명 고등한 기술이기는 하다. 하지만 별의 수호자의 젊은 세대 중에서도 압도적인 무위를 보이는 형운이라면 그 정도는 아무것도 아닐 텐데?

'농담하는 건가? 그렇겠지?'

강연진은 예전부터 분위기 파악을 못한다는 소리를 자주

들었다. 남들이 웃자고 한 소리에도 정색해서 분위기를 싸하게 만든 적이 한두 번이 아니었다. 그래서 신중하게 형운의 눈치를 살피는데…….

"그렇게 고민할 필요는 없는데. 진짜야. 난 별로 재주가 없는 편이라서."

형운의 수련은 우직했다. 귀혁은 형운의 기본 성능을 높이고, 번뜩이는 감각보다는 단순하면서도 철저한 운용을 몸에 각인시켰다.

형운이 말했다.

"너희는 많이 다르다고 들었어. 아마 네가 나보다 재주가 많을걸?"

"……."

강연진은 뭐라고 말해야 할지 몰라서 말문이 막혔다. 보통 이런 건 감춰야 하는 사실 아닌가? 아무렇지도 않게 자기 약점을 늘어놓다니?

'나를 교란시키려는 건가?'

그렇게밖에 생각할 수 없다. 자신의 정체를 알고 거짓 정보를 주어서 혼란을 유도하려는 수작인 게 분명했다.

잠시 형운의 눈치를 살피던 강연진이 서하령에게 고개를 숙였다.

"정말 감사합니다."

그리고 새삼 얼굴을 붉힌다. 지금까지는 형운을 보며 긴장하느라 몰랐다가 뒤늦게 서하령의 미모를 인식하고 넋이 나간 것이다.

'아름다운 분이시다…….'

서하령이 아름답다는 것이야 별의 수호자 내에서 소문이 자자했는데, 직접 보니 소문이 실물보다 훨씬 못했다. 이토록 아름다운 사람이 눈앞에 있다는 걸 믿을 수 없었다.

문득 형운이 말했다.

"하령아."

"왜?"

"미안한데 먼저 돌아가 줄래?"

"뭐?"

갑작스러운 형운의 부탁에 그녀가 눈살을 찌푸렸다. 형운이 미안해하면서 양손을 모았다.

"둘이서만 하고 싶은 이야기가 있어서 그래."

"음……."

못마땅해하는 서하령에게 형운의 전음이 날아들었다.

—이따가 설명해 줄게.

"알겠어."

따져 물으려던 서하령은 그걸로 납득하고 순순히 몸을 일으켰다. 그녀가 살포시 미소 지으며 강연진에게 인사했다.

"강 공자, 오늘은 이만 물러가겠어요. 나중에 다시 뵈어요."

"앗, 네! 찾아와 주셔서 영광이었습니다."

"그럼."

서하령이 나가고 둘만 남자 어색한 분위기가 형성되었다. 형운의 눈치를 보던 강연진이 가까스로 입을 열었다.

"제가 먼저 찾아가서 인사드렸어야 하는데, 이렇게 발걸음을 하시게 해서 송구합니다. 영성 제자단의 강연진입니다."

"만나서 반갑다. 음, 뭐 어쨌거나 사형제 간이니 너무 딱딱하게 대할 필요는 없어. 그리고……."

말을 고르던 형운은, 좀 난감해하는 표정을 짓더니 결국 한숨을 푹 쉬었다.

"미안한데… 아까 그 종이에 적은 내용, 봐버렸다."

"네? 뭐, 뭐라고요?"

강연진이 화들짝 놀랐다. 자기도 모르게 시선이 땅바닥에 뒹굴고 있는 종이 뭉치를 바라본다.

형운이 말했다.

"아니, 보려고 해서 본 건 아니고. 요즘 좀 쓸데없이 안력이 좋아져서 그만."

일월성신을 이룬 형운의 몸은 쓸데없이 성능이 좋았다. 그동안 무공 수련의 일환으로 안력(眼力)과 순간기억력을 단련해 온 것도 있어서, 한 번 슥 보는 순간 그 장면이 통째로 기억되고 한 박자 늦게 머릿속에서 내용이 해석되었던 것이다. 형운 자신도 예상치 못한 일이라 깜짝 놀랐다.

"나에 대해서 관찰한 걸 어딘가에 보고하려고 정리하고 있었지?"

그 말에 강연진의 안색이 창백해졌다. 형운이 괜히 찔러보는 거라고 생각해서 종이 뭉치에 시선을 준 게 실수라고 생각했거늘, 정말로 봤다고밖에 생각할 수 없는 말을 하는 게 아닌가?

6

잠시 침묵이 흘러갔다. 가만히 강연진의 반응을 살피던 형운이 말했다.

"뭐 어디에 보고하려고 하는지는 짐작이 가니까 복잡하게 머리 안 굴려도 돼. 그거 갖고 너를 해코지할 마음도 없고."

"……."

"믿으라고 해도 쉽게 받아들이기 어렵겠지? 근데 네가 어떻게 생각하는지는 모르겠는데… 너희 배경에 대해서는 나도, 사부님도 다 파악하고 있어. 그것까지 다 고려하신 다음에 제자단을 구성하신 거라."

형운은 굳은 표정으로 식은땀을 흘리는 강연진을 보며 쓴웃음을 지었다. 왠지 옛날 생각이 난다. 늘 다른 사람 눈치를 보면서 살아야 했던 그 시절이.

물론 그때의 형운이 강연진과 같았던 것은 아니다. 강연진은 훨씬 나은 환경에서 자랐고 형운과 달리 참 요령이 없어 보였다. 하지만 지금 자신을 두려워하는 심정만은 손에 잡힐 듯이 알 수 있을 것 같았다.

형운이 물었다.

"제자단 열 명 중에서 너만 이전에 무공을 익힌 경험이 거의 없다고 들었어. 동네 무관에서 배운 게 전부라며?"

"…그렇습니다."

"다른 아이들과 비교하면 스스로가 어떻다고 생각해?"

"많이 부족합니다."

강연진이 딱딱한 어조로 대답했다.

제자단의 다른 아이들 중에 여덟 명이 인재육성계획을 통과한 아이들이었다.

인재육성계획이란 별의 수호자에 속한 이들의 가족 중에 무공에 재능이 있는 아이들을 선발해서 몇 년간 영재교육을 시킨 뒤에 각 조직에서 후기지수로 데려가게 하는, 인재 선별 및 기초 교육 과정이다. 대체로 오성을 비롯해서 직위가 있는 무인들의 제자는 인재육성계획을 거친 아이들 중에서 뽑고 있었다.

또한 인재육성계획을 거친 아이들은 자료가 상세하게 남아 있어서 윗사람들이 쉽게 찾아볼 수 있다는 것도 인원 선별 때 유리하게 작용한다. 그래서 장로회에서 영성의 제자단으로 추천한 후보 인원들도 9할이 인재육성계획 출신이었다.

즉 강연진은 예외 중에 예외였던 셈이다.

강연진 말고 인재육성계획에 속하지 않은 다른 한 명은 사정이 다르다. 그쪽은 집안이 부유해서 어려서부터 개인 교사를 초빙해서 무공을 연마해 왔기에 훨씬 유리했다.

형운이 고개를 끄덕였다.

"그렇군. 너도 출발이 늦었다는 점에서는 나하고 비슷하구나. 뭐 나보다는 훨씬 낫지만."

제자단으로 선별된 아이들은 다들 초기부터 상당한 지원을 받았다.

체질을 개선하는 대법에 각종 비약, 풍족하기 그지없는 수련 시설, 그리고 영성의 제자가 아니라면 열람 자체가 불가능한 뛰어난 신공절학들…….

거기에 귀혁의 가르침이 더해지니 다들 무시무시한 속도로 발전하고 있었다. 제자단을 구성한 지 반년밖에 안 되었지만 다른 또래들보다 훨씬 뛰어난 성취를 보여주는 중이다.

"사형께서는……."

강연진이 어렵게 입을 열어 물었다.

"열세 살에 사부님의 제자가 될 때까지 무공을 연마하신 적이 없다고 들었습니다."

"맞아. 심지어 너와는 달리 무관 같은 데서 무술을 배운 적도 없었고."

"그런데도 지금은 그토록 실력이 출중하시니, 정말로 재능이 대단하셨던 거군요."

"……."

그 말에 형운은 꿀 먹은 벙어리가 되었다.

'재능이 대단해? 내가?'

너무 황당한 소리라 멍청한 표정으로 강연진을 바라보고 말았다. 강연진이 당황해서 물었다.

"…혹시 제가 말을 실수했나요?"

"아, 아니, 그냥 눈앞에서 나한테 그런 이야기를 한 사람이 처음이라서."

"그런 이야기라면… 재능이 뛰어나시다는 거요?"

"응. 뭐 요즘 들어서 '사실은 그랬을 거다'라고 말하는 사람들이 있다고는 들었는데 눈앞에서 들으니 엄청 신기하네."

형운의 발전이 비정상적으로 빠르다 보니 그런 이야기를 하는 사람들도 있다고는 들었다. 하지만 눈앞에서 대놓고 그런 이야기를 들은 것은 처음이라 신선한 충격이었다.

형운이 쓴웃음을 지었다.

"내가 남들보다 발전이 빨랐다는 점은 부정하지 않겠지만, 재능이 있다는 말은 좀 그래. 내내 재능 따위 하나도 없다는 소리만 듣고 살아서."

"사형이 말인가요?"

"응."

"어, 저기… 농담하시는 거죠?"

"진짠데. 뭐 네 입장에서는 그렇게 들려도 할 말이 없지만."

"음……."

"뭐 그런 이야기는 됐고. 아까 하던 이야기 말인데……."

강연진의 표정이 굳었다. 하지만 형운이 꺼낸 이야기는 완전히 뜻밖이었다.

"나를 염탐하려면 앞으로는 그런 식으로 하지 말고, 그냥 당당하게 찾아와서 봐."

"네?"

너무 뜻밖이라 강연진은 자기도 모르게 묻고 말았다. 형운이 말했다.

"솔직하게 말해봐. 너, 자기가 잘 숨어서 염탐하고 있다고 생각한 건 아니지?"

"……."

"너무 수상해서 한마디 해주고 싶었어. 그럴 바에는 그냥 와서 당당하게 봐. 어차피 네가 나를 염탐하든 말든 내 입장에서는 별로 문제 될 게 없거든"

"진심으로 하시는 말씀이신가요?"

강연진은 혼란스러웠다. 도무지 형운의 속내를 짐작할 수가 없었다.

"염탐하고 싶어지면 종종 찾아와서 차라도 같이하고 그래. 그 말을 하려고 온 거야. 그럼 이만 가볼게."

형운은 그 말을 끝으로 일어났다.

혼자 남은 강연진은 이해할 수가 없다는 듯 중얼거렸다.

"도대체 무슨 생각을 하는 거지?"

7

강연진의 거처를 나와서 복도를 걷던 형운은 자신을 바라보는 시선을 느꼈다.

시선 자체는 늘 느낀다. 가려가 부근에 은신해 있으니까. 하지만 지금 시선은 뭔가 할 말이 있다는 느낌을 풍겼다.

'시선에서 이런 걸 느껴? 나 좀 이상해진 거 아닌가?'

표정을 봤다면 모를까, 시선만으로 이런 걸 느끼는 건 좀 이상한 것 같다. 일월성신을 이룬 이후로 당혹스러운 경험을 너무 자주 하고 있었다.

"누나, 뭐 하고 싶은 말 있으면 해봐요."

"음……."

그 말에 가려가 흠칫했다. 그녀의 심정을 정확히 찌르는 말이었기 때문이다.

그녀가 말했다.

"공자님께서 무슨 생각을 하시는지 모르겠습니다."

"아마 그 애도 그럴걸요."

형운은 강연진에 대해서 전부 알고 있었다. 그가 어떤 과정을 거쳐서 운 장로의 눈에 들었는지, 그리고 귀혁이 왜 그를 제자단에 선발했는지, 무공의 진전은 어떤지…….

원하기만 하면 그런 정보가 전부 손에 들어온다. 귀혁의 대제자인 형운의 입지란 그런 것이다.

형운이 말했다.

"좀 이상한 애이긴 한데 그 애 심정은 왠지 남의 이야기 같지가 않아서요."

"무슨 말씀이신지 모르겠습니다."

"제가 찾아갔을 때 그 애가 어떻게 행동하는지 봤죠?"

"네."

"저도 그런 때가 있었어요."

"네?"

"예전에는 성격이 나빠 보이거나 힘이 있어 보이는 사람만 봐도 얼어붙었죠. 그런 사람들에게 다가가서 말을 거는 것만으로도 무서워서 죽을 것 같았어요."

형운은 객잔 하인으로 일하던 시절을 회상했다. 누구는 아무리 힘든 시절이라도 지나가고 나면 다 좋은 추억이라던데, 형운에게 있어서 그 시절은 몇 번을 되새겨도 형벌을 받는 듯 괴로운 기억뿐이었다.

"난 그냥 인사나 하러 찾아갔을 뿐인데, 내가 그 애를 악독하게 괴롭히고 있는 것 같더라고요. 내가 어느새 다른 사람한테 그렇게 보이는 사람이 되었구나 싶어서 무서웠어요."

"……."

"그런 게 싫어서요. 뭐 내가 무슨 말을 하든 순순히 받아들이지 못할 거라는 정도는 알아요. 그래도 그렇게 말해주고 싶었어요."

"공자님께 불리해질 수도 있습니다."

"알아요."

강연진에게는 염탐하든 말든 상관없다고 했지만, 사실은 그렇지 않다는 것 정도는 안다. 영성의 제자단으로 뽑힌 강연진은 요령이 좋지는 못해도 눈썰미는 뛰어날 것이다. 그러니 형운의 일거수일투족을 보면서 생각도 못 한 정보를 잡아낼 수도 있었다.

"그래도 상관없어요. 그 애가 약삭빠르게 머리를 굴리는 녀석이었다면 저도 그런 말 안 했을 거예요. 하지만 저렇게 요령 없는 애를 그런 일로 괴롭히고 싶진 않거든요."

"공자님은……."

가려가 잠시 말을 고르다가 말했다.

"너무 무르십니다."

"그렇죠?"

"하지만 공자님 성격이 원래 그러시니 독해지시라고 말하기도 뭣하군요."

"그건 마치 가려 누나한테 복면 쓰지 말고 항상 제 주변에서 예쁜 모습 보여달라고 요구하는 거랑 똑같죠."

"……."

"아, 가려 누나가 그렇게 하면 저도 독해지려고 노력해 볼게요. 어때요?"

"…사양하겠습니다."

가려는 쌀쌀맞게 대꾸하고는 입을 다물었다.

8

그리고 형운은 다음 날 눈을 휘둥그레 떴다.

"정말 왔네?"

강연진이 진짜로 차를 마시고 싶다고 찾아온 것이다.

형운의 반응에 강연진이 움찔했다.

"아, 저기, 사형께서 오, 오라고 하셔서……."

"정말 올 줄은 몰랐거든. 들어와."

형운은 왠지 유쾌해서 웃음을 터뜨리고 말았다.

제20장
음지에서 양지로

1

그렇게 형운이 열여덟 살이 되는 새해가 밝았다.

귀혁도, 제자단도 바쁜 시기였다.

아직 1년도 채 안 되었지만 사람들은 귀혁이 제자단을 어떻게 키워내고 있는지 궁금해했다. 특히 장로회에서 자기가 추천한 인재들이 얼마나 성장했는지 관심이 뜨거웠는지라 신년 비무회에 유소년부를 신설해서 어린 기재들에게도 자신의 기량을 알릴 기회를 마련하기로 했다.

신년 첫날의 아침 식사 자리에서 귀혁이 물었다.

"흠. 그러고 보니 형운아."

"네."

"넌 제자단 아이들에게 별로 관심이 없는 것 같구나?"

"음? 왜 그렇게 생각하세요?"

"지금까지 한 번도 그 아이들의 수련을 보고 싶다는 말을 안 해서 말이다. 아니면 연진이를 보는 걸로 충분해서 그러느냐?"

형운과 강연진의 관계는 다들 의아하게 여기고 있었다. 제자단 아이들 중에 강연진만이 형운에게 줄기차게 찾아가니 둘이 상당히 친해 보인다.

하지만 강연진의 뒤에 운 장로가 있다는 건 모두가 알고 있는 사실이었다. 그리고 형운이 그 사실을 알고 있다는 것 역시 마찬가지다.

그러다 보니 두 사람의 관계는 무척이나 기묘해 보였다.

형운이 말했다.

"별로 그렇지는 않은데요? 연진이에 대해서는 사부님도 들으셨을 거 아니에요?"

"들었다. 그 건은 나도 네가 참 엉뚱하다고 여겼다만."

"연진이는 보고 있으면 재미있어요. 애가 좀 쓸데없이 진지하다고 해야 하나? 뭔가 말할 때마다 보이는 반응이 참……."

피식 웃은 형운이 말했다.

"근데 제가 그 애들 수련 보고 싶다고 하면 보여주시는 거였어요?"

"딱히 그러지 않을 이유도 없지 않느냐? 네 사제들인데."

"하긴. 근데 그 애들이 제 수련을 보지 않는데 제가 그 애들 수련을 보겠다고 하는 건 좀 이상한 것 같아서 놔두고 있었죠. 때가 되면 사부님께서 같이 수련하는 시간이라도 마련해 주시려니 했는데 아니에요?"

"생각하는 게 없지는 않았다만……."

"그럼 됐어요. 애들 실력이야 오늘부터 비무회에서 보면 알 수 있을 거고."

형운의 태도에 귀혁이 재미있다는 듯 턱을 쓸었다.

"거참, 네가 대범해진 건지 아니면 생각이 없는 건지 잘 모르겠구나."

"뭐 서로 배우는 게 완전히 다를 텐데 제가 걔들 수련하는 거 본다고 해서 뭘 알겠어요? 개네들 중 몇몇은 저보다 경력도 더 길잖아요."

예를 들면 제자단은 전원이 연혼기공(研魂氣功)을 수련하고 있었다. 보통 오성의 제자들이 익히는 심법이 바로 그것이며, 후에 별의 수호자가 만들어낸 최고의 심법인 불괴연혼신공(不壞研魂神功)을 익히기 위해서 반드시 필요한 과정이기도 했다.

즉 광혼심법을 익힌 형운과는 출발점부터가 다른 셈이다. 아마 귀혁이 구상하는 그들의 미래 역시 마찬가지이리라.

형운이 투덜거렸다.

"전 그런 거보다 사부님께 하나 항의하고 싶은 게 있어요."

"뭘 말이냐?"

"왜 걔네들은 약선 안 먹는 건데요! 누군 의식주가 다 고행인데 왜 걔네들은 평범한 일상을 누리고……."

"그야 그 아이들은……."

울화통을 터뜨리는 형운의 말에 귀혁이 뭐 대충 그런 이야기일 줄 알았다는 듯 웃었다.

"너와 달리 장로회에서 고르고 고른 기재이지 않느냐."

"…네. 뭐 그런 이야기 하실 줄 알았어요. 흥."

"너와는 접근법 자체가 다르다. 기재이기에, 각자 신체의 기질이 워낙 뚜렷하기에 너에게 쓴 방법을 쓸 수 없는 것이기도 하고."

사실 '성운을 먹는 자' 일맥의 연구 성과는 아무에게나 적용할 수 있는 게 아니다. 아무에게도 말하지 않았지만 귀혁이 형운을 제자로 삼고 일맥의 이상을 담은 작품으로 만들어내고자 했던 것에는 형운이 아무런 특성 없는 범인(凡人)이라는 이유도 있었다. 아무것도 갖지 못했기에 마치 새로운 인간을 만들어내듯이 조금씩 토양을 다지고 이상적인 존재로 만들어 나가는 게 가능했다.

오히려 형운이 기재였다면 이런 방법은 쓸 수 없었으리라. 왜냐하면 이미 처음부터 많은 것을 갖고 태어난 존재에게, 그 이점을 모조리 버리고 더 나을지 못할지 불확실한 길을 강요하는 셈이었으니까.

귀혁이 말했다.

"나 자신에게 실험하는 거야 상관없다만, 제자에게 그럴 수는 없는 노릇이지."

"가끔 사부님 말씀하시는 걸 들으면 너무 스스로를 막 굴리신 게 아닌가 싶다니까요."

"내가 젊을 때 좀 혈기왕성하기는 했다."

전에 이야기한, 만년석균의 효능을 시험해 본 문제부터 시작해서 약선을 정립한 과정 등등… 귀혁은 대부분 굉장히 모험적인 방법을 자기 몸에다 실험해 본 적이 많았다.

형운은 그런 이야기를 들으면 들을수록 귀혁의 무모함에 질려 버렸다. 이론을 검증하겠다고 스스로를 실험체로 삼아 인체 실험을 하다니, 귀혁이 정말 천운이 따라서 절세고수가 된 것이지 조금만 운이 나빴어도 벌써 폐인이 되었을 것이다.

하지만 그런 과정이 있었기에 귀혁은 역대 성운을 먹는 자

일맥의 계승자 중에서도 탁월한 성과를 거두었다. 이론상으로만 남아 있던 부분들을 실증해 냄으로써 더 앞으로 나아갔기 때문이다.

귀혁이 말했다.

"어쨌든 그런 점에서 너한테는 위험성 있는 일만 주의하면 어떤 방법을 제시해도 손해는 안 나니까 그런 방법을 택할 수 있었던 거란다."

"만약 제가 진흙 속에 묻혀 있던 보석 같은 기재였으면 어쩌셨을 건데요?"

"그럼 방법을 달리했겠지. 그 경우 내가 어떻게 했을지는, 네 사제들을 보면 알 수 있을 게다."

"그렇게 말씀하시니 관심이 생기는군요."

"오늘부터 잘 봐두거라."

문득 귀혁이 생각났다는 듯 덧붙였다.

"아, 그리고 석준이가 좀 말하고 싶은 게 있다고 하는구나. 식사 끝내고 둘이 이야기해 보거라."

"석준 아저씨가요?"

형운이 의아한 표정을 지었다.

2

그리고 석준이 꺼낸 이야기는 형운이 전혀 생각지 못한 내용이었다.

"어, 그러니까……."

형운이 눈을 휘둥그레 뜨고 확인차 물었다.

"가려 누나를 비무회에 내보내자고요?"

"그렇습니다."

"영성 호위대는 공식 행사에는 안 나가는 게 원칙 아닌가요?"

별의 군세를 대표하는 오성 휘하의 무인은 각자의 호위대 말고도 엄청난 숫자였다. 대륙 전체에 퍼져 있는 별의 수호자 조직을 지키는 것이 일이다 보니 그 숫자를 전부 합치면 오성을 가히 일국의 장군과 같다고 해도 과언이 아닐 정도다.

호위대는 그중 가장 오성과 가까이 있는 조직이다. 하지만 그들은 일의 특성상 그들은 외부에 드러나지 않는 것을 원칙으로 한다. 보수가 높고 은퇴 후의 생활도 책임져 주기는 하지만, 음지에 묻힌 채 명예를 포기한 삶을 살아야 했다.

석준이 말했다.

"그래서 공자님께 허락을 구하는 것입니다."

"음, 이건 저보다는 사부님께 허락을 받아야 하는 문제 아닌가요? 가려 누나가 제 호위무사고 제가 명령권을 갖기도 하지만 그래도 사부님 휘하잖아요."

참고로 형운은 시비들 말고는 자기 직속 인원이 없었다. 영성의 제자일 뿐, 본인이 별의 수호자 내에서 어떤 직위를 가진 게 아니기 때문이었다.

석준이 말했다.

"영성님께서는 이미 허락하셨습니다."

"그럼 저도 허락할게요."

"정말이십니까?"

너무 쉽게 허락하니 믿어지지 않는 듯 석준이 눈을 크게 떴다. 형운이 피식 웃었다.

"석준 아저씨, 그런 표정 짓는 거 처음 봐요. 가려 누나를 많이 아끼시나 봐요."

"흠, 무슨 말씀을 하시는 겁니까."

석준이 슬쩍 시선을 피했다. 형운이 실실 웃으며 말했다.

"저도 귀가 있어서 들은 이야기가 좀 있는데, 들려 드릴까요?"

"어떤 이야기를 말씀하시는지……."

"가려 누나는 석준 아저씨가 주워 오셨다면서요?"

"……."

그 말대로였다. 고아였던 가려를 마침 임무 수행을 위해 부근에 갔던 귀혁을 따르던 석준이 발견하고 거두었다.

"누나가 말을 잘 안 하는 편이지만, 석준 아저씨한테는 많이 고마운 감정을 갖고 있는 게 느껴지거든요."

"가려가 그런 이야기를… 했습니까?"

석준이 놀라워했다. 그가 아는 가려는 누군가에게 그런 이야기를 할 성격이 아니었기 때문이다.

형운이 대답했다.

"저번에 지나가듯 몇 번요."

형운 앞에서도 가려는 말을 별로 하지 않는다. 하지만 종종 식사를 할 때나 차를 마실 때 불러내면 드물게 자기 이야기를 할 때가 있었다.

"그래서 제가 좀 캐보기는 했어요. 은퇴하신 분들에게 물어보니, 누나는 당시부터 특이했다고 하더군요."

형운은 가려의 일에 관심이 생겨서 당시에 임무 수행을 함께 했던, 지금은 은퇴한 영성 호위대원 몇에게 예은을 보내서 이야기를 들어보았다. 딱히 비밀로 할 만한 이야기는 아니었기에 그럭저럭 이야기를 들을 수 있었는데…….

여기까지 들은 석준이 놀랐다.

"공자님께서 그런 일을 하시는 줄 몰랐습니다."

"뭐, 보고가 들어갈 만큼 민감한 일은 아니었을 테니까요. 저도 궁금한 일이 있으면 그 정도는 해요. 가려 누나를 쓴 적도 몇 번 있으니 거기에 대해서는 들으셨을 테고."

형운이 빙긋 웃었다.

별의 수호자는 특이한 현상이나 영약이 발견되면 그곳에 인원을 파견해서 조사를 한다. 가려가 사는 오지의 산골 마을이 그 조사 대상이 된 지역이었고 위험도가 높아서 귀혁이 직접 연단술사들을 따라나섰다.

파견될 당시까지는 그곳에 사람이 살고 있다고는 전혀 생각하지 못했다고 한다. 그러리라고는 생각할 수 없는 환경이었기 때문이다.

그런데 그곳에는 꽤 많은 이들이 모여서 마을을 이루고 있었다. 그리고 가려는 부모 없는 고아로, 그들 사이에서 이상한 아이 취급을 받고 있었다.

"무공을 배운 적도 없는데 은신술을 쓰고 있었다지요?"

"네."

영성 호위대원들은 은신과, 은신한 상대를 간파하는 것에는 이골이 난 전문가들이었다. 그런데 가려는 그들조차도 잠시간 속았을 정도로 몸과 기척을 감추는 재주가 빼어났다.

"마치 야생동물 같았습니다. 자기를 이상한 눈으로 보면서 싫은 말을 던지는 사람들이 싫어서 그들의 눈길을 피해 다니다 보니 그렇게 되었다고 하더군요. 그 분야에서는 천재였던 셈이죠."

그런 재능이 있었기에 어린 나이에 정식 대원으로 승격, 형운을 호위하는 중요한 임무를 맡을 수 있었던 것이다.

형운이 물었다.

"그런데 허락은 하긴 했는데… 왜 누나를 비무회에 내보내시려는 건데요?"

"짐작하고 허락하신 거 아니었습니까?"

"아닌데요."

"……."

"석준 아저씨가 굳이 이렇게 부탁할 정도라면 누나한테 나쁜 이야기는 아닐 것 같아서 허락한 거예요."

빙긋 웃는 형운을 본 석준이 실소하고 말았다.

"도련님도 참 많이 변하셨군요. 이제는 참, 윗사람 같으십니다."

"전에는 어땠는데요?"

"솔직히 말씀드려도 됩니까?"

"그러지 않으실 거면 그만두시고요."

"맞지 않는 옷을 입고 있는 사람 같았습니다. 언제나."

"부정은 못 하겠네요. 사실 지금도 그렇지 않나?"

형운이 겸연쩍은 듯 볼을 긁적였다.

석준이 말했다.

"가려를 비무회에 내보내려는 이유는 두 가지입니다. 첫 번째는 공자님께서 이번에는 참가하지 않으신다는 점이죠. 좋은 기회라고 여겼습니다."

모두의 기대에도 불구하고 형운은 이번 신년 비무회에 참가하지 않는다.

표면상으로는 일월성신을 이루기 위해 긴 가사 상태를 겪은 후, 아직 몸이 정상적으로 회복되지 않았다는 이유를 내세웠다. 하지만 사실은 성존의 지시 덕분에 필요로 하는 걸 얻은 데다가 올해는 대외적인 활동을 시작할 계획도 잡혀서 더 이상 비무회에 나갈 필요성을 못 느꼈을 뿐이다.

그러니 가려가 참가해도 형운과 싸울 일은 없었다.

"두 번째는 가려를 양지로 내보내고 싶어서입니다."

"양지로?"

"네."

영성 호위대원들은 시작부터 양지로 출세하기는 틀려먹은 인원들이 모인다. 하지만 그들 중에 가끔 높은 이들의 눈에 들어서 양지로 나오는 행운을 입는 자들이 있었다. 석준은 가려를 그렇게 만들고 싶다는 뜻을 솔직하게 밝혔다.

"그렇군요."

형운이 쓴웃음을 지었다.

"석준 아저씨가 그런 생각을 하시는지는 몰랐어요. 제가 전에 석준 아저씨를 오해했던 걸 사과드릴게요. 석준 아저씨는 가려 누나를 딸을 보는 아버지의 마음으로 보고 있었군요. 음, 좋아요. 저도 기꺼이 협력하지요."

"…감사합니다."

석준이 뭔가 하고 싶은 말을 참는 듯 입가를 실룩거리면서 감사했다. 형운이 주먹을 불끈 쥐며 말했다.

"하지만 정말 좋은 기회예요! 가려 누나의 눈부신 미모를 영성 호위대의 음침한 임무에 묻어두는 건 정말 못할 짓이라고 여겼는데 이런 기회가 찾아오다니!"

"음침하다니……."

"아니에요?"

"……."

뻔뻔하게 묻는 형운의 말에 석준은 결국 표정을 구기고 말았다.

3

그래서 이번 신년 비무회는 형운에게 있어서 꽤나 볼만한 행사가 되었다.

유소년부에서는 제자단이 맹활약을 펼쳤다. 아직 귀혁에게 배우기 시작한 지 채 1년도 안 된 아이들이었지만 그전부터 무공을 배워서 기초를 이루어왔으며, 무엇보다 검증된 기재들이다. 동년배들은 도저히 상대가 되질 않았다.

하지만 그들 중 단 한 명만은 예외였다. 강연진은 2차전에서 패배하고 말았다.

형운이 그를 찾아가 위로했다.

“아깝게 됐다.”

“아닙니다. 완패였지요.”

강연진이 침울하게 고개를 저었다. 그 말대로 1차전은 치열하게 싸워서 이겼지만 2차전에서는 별로 힘을 못 써보고 졌다.

형운이 말했다.

“그냥 대진 운이 나빴을 뿐이라고 보는데. 내공이 달리는 거야 어쩔 수 없으니까.”

“그것도 실력입니다.”

강연진은 다른 아이들에 비해 무공에 늦게 입문했고, 수련 기간도 짧다. 제자단에 들어온 뒤 많은 지원을 받기는 했지만 채 1년도 안 되는 기간인지라 내공은 아직 원천기심만 이룬 수준이었다.

1차전에서는 그런 불리함을 안고도 자기보다 세 살이나 많은 상대를 쓰러뜨렸다. 하지만 치열한 접전 끝에 승리했는지라 내력 소모가 심했다. 2차전까지는 불과 한 시진(2시간)의 여유가 주어졌을 뿐이기에 지친 상태로 나섰다가 맥없이 패하고 말았다.

강연진이 한숨을 푹푹 쉬었다.

"제게 기대를 걸어주신 많은 분들을 실망시켜 드렸습니다. 그분들을 뵐 면목이 없어요. 이래서야 사부님께도 폐를 끼친 것 같고……."

"……."

순간 형운은 생각했다.

'으아, 이 녀석, 쓸데없이 진지해서 피곤해!'

그냥 져서 낙심하고 있으면 모르겠는데 무슨 올해 열두 살이 될 녀석이 저런 소리를 하고 있단 말인가? 그의 어린애답지 않은 한탄을 듣던 형운이 자기도 모르게 손가락을 들어서 이마를 튕겼다.

"아얏! 무, 무슨 짓을 하시는 겁니까?"

"이상한 소리를 하길래 그만. 넌 아직 무공 배운 지 1년도 안 됐거든? 그런 녀석한테 뭔 거창한 기대를 걸겠냐? 그런 걸로 그렇게 책임감 느끼고 괴로워하는 게 당연하다면 난 벌써 마음의 짐을 못 이기고 자살했겠다."

"하지만……."

"하지만이고 저지만이고. 져서 분하고 원통한 건 너지 다른 사람이 아니잖아. 다른 사람 신경 쓰는 건 좀 더 머리가 크고 나서 해. 내가 네 나이 때는 참 아무 생각 없었는데……."

뭐 아무래도 의식주를 총동원한 수련 때문에 고통받느라 주변을 볼 여유가 없었던 탓이기는 하지만 말이다.

형운이 말했다.

"내가 보기에 넌 좀 재수 없어."

"네?"

"하여튼 기재란 것들은 이래서 안 된다니까. 1년도 안 배우고 뭐 그렇게 잘해?"

형운이 툴툴거렸다. 예상은 했지만 정말 재주가 뛰어난 아이들이었다.

그런 형운을 이상한 눈으로 쳐다보던 강연진이 물었다.

"그래도 사형께서는 놀라시진 않으셨잖아요."

"응?"

"저도 그렇고, 다른 사람이 잘한다고 하시면서도 놀라진 않으시는군요."

"의외로 예리하구나, 너?"

속마음을 들킨 형운이 움찔했다. 강연진이 분한 기색으로 말했다.

"마음에 없는 말씀을 해주실 필요는 없어요. 저도 제가 못난 건 아니까."

"그런 의미는 아닌데. 다만……."

형운이 잠시 말을 골랐다.

"…내가 넘어야 할 녀석들이 너무 뛰어날 뿐이지."

"네?"

"하령이가 성운의 기재라는 건 알고 있지?"

"그야 당연히……."

"너희들이 재주가 뛰어난 건 맞아. 지금도 나는 저런 거 못 한다 싶은 짓들을 많이 보여주었지. 하지만 난 재능만을 기준으로 보면 괴물 같은 놈들을 알고 있어."

천명을 받고 태어나는 존재, 성운의 기재.

물론 세상에는 수많은 기재가 있으니, 성운의 기재가 아니더라도 그와 필적하는 재능의 소유자가 있을 수 있다. 재능의 형태는 다르지만 귀혁이 그러했듯이.

하지만 제자단의 아이들은 빼어난 기재라고는 하나 그 정도까지는 아니다. 각자의 재주가 아주 빼어나기는 하지만 바로 눈앞에서 오싹할 정도로 빠르게 발전해 나가는, 남들은 절대 못 할 일들을 아무렇지도 않게 해내는 성운의 기재를 보아온 형운이 그들의 재능에 놀랄 일은 없었다.

강연진이 물었다.

"성운의 기재를 이긴다니, 그런 일이 가능한가요?"

"난 가능하다고 믿어. 왜냐하면 사부님이 그러셨으니까."

사람들은 성운의 기재가 최고가 되는 것을 당연시한다. 지금 시대를 보면 귀혁이 폭풍권호로서 명성이 드높다 하나 결국은 성운의 기재인 나윤극보다는 아래로 취급받는다.

그래도 형운은 귀혁을 믿는다. 그가 성운의 기재와 어깨를 나란히 했듯이… 자신도 그가 그려내는 이상을 따라가다 보면 거기에 도달할 수 있는 날이 오리라고.

"날 때부터 타고나는 걸로 모든 게 결정된다면, 난 이전에도 지금도 아무것도 아니었어야 해. 그러니까 나도 사부님이 말씀하신, 사람의 힘이 천명을 넘어설 수 있다는 걸 믿는다."

그렇게 말한 형운이 마지막으로 덧붙였다.

"그러니까 날 놀라게 하려면 재능만으로는 안 돼. 그걸 넘어선 뭔가를 보여. 그럼 기꺼이 놀라줄 테니까."

4

신년 비무회는 총단의 모두가 즐기는 축제였다.

별의 군세에 속한 모든 무인이 여기에 나오는 건 아니다. 기본적으로 총단에서 열리는 비무회는 무인들이 스스로를 알릴 수 있는 기회의 장이었다.

그렇기에 굳이 사람들에게 이런 행사를 통해 스스로를 입증하지 않아도 되는 이들은 나오지 않는다. 형운과 겨루었던 풍성의 여섯째 제자처럼 젊고 실적이 별로 없는 이가 아닌 이상 오성의 제자들도 출전하지 않았다.

"그러니까 청년부에서 정말 조심해야 할 상대는 풍성의 여섯째 제자 정도인 것 같은데……."

그는 올해도 청년부에 참가한다고 했다. 형운이 참가하지 않는다는 것을 듣고는 패배를 설욕할 기회를 잃어서 이를 바득바득 갈았다나 뭐라나.

형운은 청년부에 참가한 무인들의 자료를 보면서, 자기가 붙어본 이들에 대해서 가려에게 이야기해 주었다.

"……."

하지만 가려는 말이 없었다.

진지하게 경청하느라 그런 게 아니다. 그녀는 물가에 내놓은 어린아이처럼 안절부절못하고 있었다.

형운이 물었다.

"…누나, 듣고 있어요?"

"드, 듣고 있습니다."

대답하는 목소리가 심히 떨리고 있었다.

비무회에 참가하게 되자 가려는 눈에 띄게 동요했다. 하기 싫다고 거부 의사를 밝히기도 했지만 정식으로 명령이 떨어지자 도살장에 끌려가는 소처럼 정말 하기 싫은 기색으로 따르게 되었다.

'이거 괜히 누나한테 못할 짓 하는 거 아닌지 모르겠네.'

형운이 볼을 긁적였다. 뭐 이런 가려가 참 귀여워 보이기는 하는데 너무 안쓰러운 것도 사실이다.

가려는 분명 무인으로서 재능이 넘치고, 용모가 아름다워서 음지에 놔두기에는 아까운 인재다. 하지만 어렸을 때의 기억 때문에, 그리고 석준에게 거두어진 후 영성 호위대원이 되기 위해 그렇게 살아온 기억 때문에 스스로가 음지에 있기를 원하는데 억지로 양지로 내모는 게 잘하는 짓일까?

'하지만, 그래도 말이지…….'

그래도 형운은 가려가 당당하게 사람들 앞에 설 기회를 줘보고 싶었다.

"어때요? 이 꽃 장식이 무사님하고 잘 어울리는 것 같은데……."

예은이 물었다. 그녀는 한창 가려를 붙잡고 꽃단장을 해주고 있었다.

"음! 아주 좋아! 하얀 꽃 장식 괜찮은데?"

"무사님 피부가 워낙 좋으셔서 밝은색이 좋을 것 같아요. 옷도 좀 더 화사한 쪽으로……."

예은도 신이 나 있었다. 원래 옷걸이가 그럴싸하면 꾸며주는 쪽에서도 할 맛이 나는 법이다. 그리고 가려는 옷걸이로서는 최고 등급이었다.

형운은 눈물이 날 것 같았다.

'크으, 이런 미모를 묻어두는 건 범죄야, 범죄!'

이렇게 예쁜데 음침하게 음지에 숨어서 자기나 따라다니게 하는 쪽이 훨씬 못할 짓 아니겠는가? 형운은 그렇게 생각하며 마음을 굳게 먹었다.

그렇게 준비를 마치자 가려가 어색한 듯 자신의 모습을 돌아보았다. 이전에 황실에 갈 때도 꽃단장을 했지만 그때와는 또 느낌이 달랐다. 그때는 시비로 꾸몄지만 지금은 그녀가 주인공이 되는 무대에 서기 위해 아름다운 여성 무인으로 꾸민 것이다.

가려가 물었다.

"공자님."

"왜요?"

"복면이라도… 쓰면 안 될까요?"

"……."

이런 말을 들으니 슬퍼서 눈물이 날 것 같다. 슬쩍 예은을 보니 그녀도 한숨을 애써 참는 기색이었다.

형운이 고개를 절레절레 젓고는 말했다.

"불가!"

"하지만… 저는 이대로는 도저히 사람들 앞에 서기가……."

"누나, 날 봐요."

형운이 가려 앞에 서서 그녀의 눈을 똑바로 응시했다. 안절부절못하던 가려가 딱 굳었다. 문득 엉뚱한 생각이 그녀의 머리를 스쳐 갔다.

'그러고 보니…….'

어느새 형운의 키가 자신보다 더 커졌다.

형운은 쑥쑥 자라서 이제는 키가 6척(약 180센티미터)에 가까웠다. 그리 키가 크지 않은 가려는 형운과 나란히 서면 그의 턱까지밖에 오지 않는다.

형운이 말했다.

"누나가 이런 일 달가워하지 않는 거 알아요. 무섭다는 것도 알고요."

그래서 몇 번이나 고민했다. 굳이 그녀에게 이런 일을 강요해야 할까? 장난으로 끝낼 수 있는 문제가 아니지 않은가?

이 문제에 대해서 석준은 말했다.

'그 아이는 계속 그렇게만 살아왔습니다.'

어려서부터 지금까지 계속 그렇게만 살아서, 다르게 사는 법을 모른다. 그러니 적어도 다르게 사는 법을 알려주고 선택할 수 있게 하고 싶다는 게 그의 뜻이었다.

형운도 그 뜻에 찬동했다. 그렇기에 지금 이 순간, 그녀가 받아들일 수 있는 방식으로 요구할 수밖에 없었다.

"그러니까 명령할게요. 저를 위해서 이기고 오세요."

"…공자님을 위해서?"

"네. 제 호위무사로서, 누나를 믿는 제가 부끄럽지 않도록."

그 말에 가려의 눈빛이 변했다.

형운은 희미하게 미소 지었다.

정말은 그녀 자신을 위해 이기라고 하고 싶었다. 하지만 그 말은 좀 더 아껴두기로 하자. 그녀가 다른 삶의 방식을 배울 때까지…….

"알겠습니다."

가려는 거짓말처럼 떨림이 멈춘, 임무를 수행할 때의 침착한 모습으로 돌아가서 고개를 숙였다.

5

올해 신년 비무회 청년부는 격전지였다. 다들 이 자리가 아니면 언제 자신을 알릴 수 있을지 모른다는 생각으로 최선을 다했다.

하지만 그중에서도 압도적인 사람이 둘 있었다.

하나는 풍성의 여섯째 제자인 오량이었다. 형운에게 패한 뒤로 절치부심해서 수련해 온 그는 빼어난 기량으로 승리를 거듭하며 결승에 올랐다.

또 하나는 바로 그동안 영성의 군세가 아껴두고 있던 젊은 여고수, 가려였다.

“요즘은 여무사들 중에 이렇다 할 인재가 없는 것 같더니 저런 아이가 있었군그래.”

“그러게 말이오. 영성의 제자도 아니면서 저런 기량이라니 정말 대단한데?”

사람들은 결승전에서 오랑과 맞붙는 가려를 보며 찬탄했다. 일단 마음을 다잡은 가려는 거침없이 이겨 나갔다. 지금까지 음지에만 머물렀다고는 믿을 수 없을 수 없을 정도로 눈부신 검술로 상대를 압도했다.

그리고 결국 결승전에 올라 오랑과 맞붙었다.

“오랑 저 사람도 실력이 제법 늘었네.”

귀빈석에서 시합을 관전하다가 그렇게 한마디 던진 것은 서하령이었다.

이 장로를 따라온 그녀는 주변의 눈길을 한 몸에 받고 있었다. 성운의 기재라는 점 때문이기도 했지만 날이 갈수록 아름다워지는 외모가 더 크게 작용했다.

하지만 정작 그녀는 사람들이 자기를 보든 말든 신경 쓰지 않고 나른한 눈으로 비무를 관전하고 있었다. 그 옆에 앉은 형운이 말했다.

“하지만 누나가 이길 거야.”

“장담할 수 있어?”

"그야… 음, 네가 장담해 주면 좀 더 확신이 생길 것 같은데?"

자신 있게 단언하려던 형운이 서하령의 눈치를 보았다. 서하령이 어련하시겠냐는 표정을 짓더니 말했다.

"결과는 보였어."

"정말?"

"응."

성운의 기재인 서하령의 안목은 탁월하다. 고수들의 싸움을 봐도 그들의 수준을 꿰뚫어 보는데 하물며 하수들의 싸움이라면 말할 것도 없다. 실제로 그녀는 지금까지 관전한 모든 시합을 초반 몇 수만 보고 결과를 알아맞혔다.

형운이 물었다.

"어떻게 되는데?"

"알려주면 재미없으니까, 직접 봐."

"야."

"정말 네가 믿는 사람이라면 그 정도 확신은 있어야 하지 않을까?"

"윽."

놀리듯이 자신을 바라보는 서하령의 눈에 형운은 할 말이 없어졌다. 그는 치사하다고 툴툴거리면서 비무장에 시선을 고정했다.

"누나가 이길 거야. 내가 이기라고 했으니까."

6

별의 수호자의 신년 비무회는 별로 공정한 경쟁의 장이라고는 할 수 없다.

왜냐하면 모든 시합 일정이 하루 만에 치러지기 때문이었다. 하루에 몇 차례나 비무를 벌이다 보니 대진 운이 상당히 크게 작용한다. 그리고 당연하지만 내공이 심후해서 시합 후에 빠르게 회복할 수 있는 사람의 유리함이 압도적으로 컸다.

그런 점에서 풍성 초후적의 여섯째 제자 오량은, 가려보다 훨씬 유리했다.

풍성의 제자인 그는 연혼기공이라는 뛰어난 심법을 연마했으며 비약을 비롯한 각종 특혜를 받아서 내공이 5심에 도달해 있었다. 형운이 그보다 훨씬 어리면서도 6심에 도달하기는 했지만 그건 강호 전체를 뒤져 봐도 드물다 못해 괴상한 경우다.

그에 비해 가려는 별의 수호자 내부 무공 분류상 연혼기공보다 등급이 낮은 심법을 연마했으며, 내공도 3심에 머물렀다.

아무리 봐도 가려의 승산을 점치기 어려운 상황이다. 스승,

무공, 환경에서 밀리는데 심지어 무인으로서의 경력조차도 상대가 더 길지 않은가?

하지만 가려는 이길 각오로 싸우고 있었다.

"큭!"

오랑은 짜증을 냈다.

결승전 상대가 여자라는 것을 들었을 때, 그는 울화가 치밀었다. 아무래도 무인들의 세계는 남성 비율이 압도적인지라 여자라고 하면 깔보는 경향이 강했다. 하물며 남자가 여자에게 지기라도 했다가는 망신살이 이만저만이 아니다.

'형운 그놈이 안 나온 것만으로도 울화통이 터지는데!'

그런데 영성 휘하에서는 여자를 내보내서 자신을 상대하게 하다니 화가 안 날 수가 있겠는가?

가뿐하게 승리해서 우승하고, 이제 자기도 비무회에 나오는 건 졸업해야겠다고 생각했다. 그도 올해로 스물세 살이 되니, 오성의 제자로서는 이런 곳보다는 실전으로 경력을 다져야 할 때였다.

하지만 실제로 싸워보니 가려는 쉬운 상대가 아니었다.

쉬익! 쉬이이익!

오랑은 마곡정과 마찬가지로 한쪽 칼날만 세운 도(刀)를 썼다. 평소에는 움직임을 적게 해서 빈틈을 줄이다가 기회가 되면 강맹하게 뛰어드는 전법을 기본으로 한다.

내공이 심후했기에 그의 도법은 일격 일격이 묵직했다. 가려로서는 감히 그것을 맞받을 엄두조차 내지 못할 정도로.

그런데도 가려는 당황하지 않았다.

"윽!"

저돌적으로 치고 들어가던 오량이 어느 순간 기겁해서 뒤로 물러났다.

공격을 맞받지 못하고 뒤로 물러나던 가려의 신형이 흐릿해지나 싶더니, 그의 도를 스치듯이 검날이 죽 찔러 들어오는 게 아닌가? 소름 끼치도록 정밀한 반격이었다.

'이 여자, 막내하고 비슷한 수법을 쓰는 건가?'

왠지 마곡정이 생각난다. 바로 눈앞에 있는데도 은신술을 써서 허깨비처럼 기척을 감추던 그가.

가려의 수법은 거기서 더 발전했다. 일부러 기척을 한곳에 집중시키다가 어느 순간 감각을 혼란시키며 빠져나간다.

인간은 다른 어떤 감각보다도 눈에 의존하는 바가 크다.

이것은 내공을 연마해서 기감을 일깨운 무인들조차도 마찬가지다. 영상은 어떤 정보보다도 직관적이고 확실하니 그럴 수밖에 없다.

그리고 가려는 어릴 때부터 사람의 눈길을 피하는 수법을 갈고닦아 온 인물이었다. 적어도 은신술에 있어서 그녀는 천재였으며, 그 기술적 깨달음을 정면 승부에서도 활용할 수 있었다.

귀혁은 말했다.

'무인의 눈은 일반인의 눈보다 뛰어나다. 하지만 그런다고 인간의 눈이 가진 근본적인 약점이 사라지는 건 아니다. 네 재능은 일반적인 무인보다는 자객의 그것에 가깝지만… 거기에서 끝내기에는 너무나도 아깝구나.'

귀혁은 가려가 형운을 정진하게 하는 벽이 되어주기를 바라면서 이런저런 가르침을 주었다. 그리 많은 가르침이 아니었지만 그것만으로도 그녀는 놀라운 발전을 이루었다.

그리고 그동안 죽 형운의 식탐을 저지하느라 다양한 방식으로 그와 부딪친 것도 도움이 되었다. 갈수록 강해지는 형운을 붙잡기 위해 그녀는 필사적으로 노력했다.

그 결과가 바로 이것이다.

때로는 신체의 특정 부위를 돌출시키듯이 움직여서, 때로는 서로 맞춘 시선을 미묘하게 조절함으로써, 때로는 검을 이용한 공격으로 오량의 눈길을 현혹한다. 인간의 눈은 가까운 곳에 집중하는 순간 시야가 좁아지게 되고 그만큼 대응이 취약해진다.

챙!

오랑의 눈이 잠시라도 가려의 전체 상을 놓치는 순간, 기척을 분산시켜서 기감을 현혹시키면서 시야 밖으로 빠져나간다. 그 직후 오랑에게는 거의 보이지 않는 각도에서 검격이 날아든다.

채채채채챙!

오랑이 정신없이 몰리기 시작했다.

분명 오랑이 더 빠르게 움직인다. 그의 공격에 실린 힘이 더 강하다.

하지만 가려는 늘 그가 붙잡을 수 없는 위치에 있었다. 눈으로 잡았다 싶으면 다른 곳에 있고, 기척을 잡았다 싶으면 허상이다.

'어떻게 이럴 수가 있지?'

분명히 손이 닿을 정도로 가까운 거리에 있는데 상대의 모습을 거의 보지 못하다니!

'틈이 없어!'

한번 몰리기 시작하니 도저히 다시 공세로 전환할 수가 없다. 갈고닦은 감각에 의존해서 방어하는 게 고작이었다.

가려의 공세가 조금이라도 무뎠더라면 충분히 상황을 타파할 수 있었으리라. 심후한 내공을 지닌 오랑은 잠깐의 틈만 있어도 기를 모아서 전방위로 방출할 수 있었다.

그런데 가려가 그 작은 여유조차도 허용하지 않는다. 조금씩 오랑을 현혹시키다가 허깨비 같은 상태에 들어간 후로는 절대 거리를 벌리지도, 숨 돌릴 틈도 안 주고 몰아쳤다. 가려의 내공이 그보다 얕을지는 몰라도 기의 수발은 대등할 정도로 빨랐기 때문에 도저히 이 수렁에서 벗어날 수가 없다.

가려는 칼날 위에서 춤을 추듯 이 상황을 이어나가고 있었다.

그녀와 오랑의 전력 차는 압도적이다. 서로 검투를 벌인다고는 믿을 수 없을 정도로 가까운 거리를 유지하는 것은 그러지 않으면 도저히 이런 상황을 만들 수 없어서다.

한 번이라도 실수하면 상황은 역전된다. 가려가 백번을 공격해도 오랑은 단 한 번에 승패를 뒤집을 수 있는 힘이 있었으니까.

게다가 오랑의 방어가 출중했다. 지난번에 형운에게 패한 후, 그는 제 풀에 지쳐서 무너지는 일이 없도록 철저하게 단련했다. 그래서 감각의 허를 찌르는 가려의 공격도 아슬아슬하게 막아내고 있었다.

결국 일각(15분) 넘게 싸우니 팽팽하던 상황에 균열이 생기기 시작했다.

"음!"

오랑의 눈이 빛났다.

가려가 보이지 않는다. 아무리 집중해도 허깨비처럼 빠져

나가서 일부만을 볼 수 있을 뿐이다.

하지만 조금씩 그녀의 숨소리가 거칠어지고 있었다.

'잡을 수 있다!'

장기전이 되자 내공의 차이가 드러난다.

가려가 아무리 재주가 뛰어나도 전력으로 움직일 수 있는 시간에는 한계가 있다. 몸을 잘 단련했을수록, 그리고 내공이 심후할수록 그 시간이 길어진다.

내력이 크게 소모되자 조금씩 가려의 움직임에 틈이 생긴다. 기의 수발이 흐트러지면서 오량이 점점 여유 있게 대응할 수 있게 되었다.

어느 순간, 오량은 충분한 기운을 모았다.

'부끄럽지만… 질 수는 없다.'

솔직히 처음에 얕봤던 마음은 깨끗하게 사라졌다. 그녀의 기술은 오성의 제자인 그가 봐도 정말 감탄스럽다. 형운과 싸웠을 때는 무인으로서 감탄할 구석은 하나도 없고 뭐 이딴 게 다 있냐는 심정이었는데, 가려와는 싸우면 싸울수록 무인으로서 배울 것이 가득했다.

기술 면에서는 압도당했다. 하지만 내공으로는 그가 이긴다.

무인으로서 그 사실이 부끄러웠다. 그래도 풍성의 제자로서 여기서 질 수는 없었다.

파아아아아앙!

오랑이 비축한 기운을 단숨에 폭발시켰다. 전방위로 기공파가 터져 나오면서 그의 옆으로 돌아가던 가려를 날려 버렸다.

'잡았다!'

동시에 오랑이 몸을 돌려서 그녀에게 뛰어들었다. 이대로 그녀의 검을 쳐서 날려 버리고 비무를 끝낸다!

오랑의 도가 그녀의 검 위로 떨어졌다. 그리고…….

"……."

가려의 검이 오랑의 목 바로 앞에서 멈춰 있었다.

"어떻게 이런……."

수많은 관객들이 놀라 말을 잊은 가운데, 오랑이 믿을 수 없다는 듯 눈을 부릅떴다.

마지막 순간, 가려는 마치 폭풍 속에 휘말린 연 같았다. 그대로 균형을 잃고 흔들리는 몸을 억지로 다잡고 있었다.

허점투성이다. 도저히 반격할 수 있는 상황이 아니다.

그렇게 확신하고 그녀의 검을 향해 공격을 가했다. 그런데 그 순간 거짓말처럼 가려의 검이 내려치는 도 옆을 스쳐 가더니 목 앞에서 멈췄다.

그녀가 말했다.

"…여기까지입니다."

와아아아아아아!

한 박자 늦게 함성이 터졌다.

오량이 망연자실한 채 물었다.

"하나만 가르쳐 주시오. 어떻게 그 순간에 자연체에 들어간 거요?"

가려는 자연체로 기공파를 흘려 넘기고는 오량이 승리를 확신한 순간에 반격한 것이다.

가려가 잠시 머뭇거리다가 대답했다.

"도박이었습니다."

"도박?"

"공자님께서 그렇게 나오시리라 예상하고, 도박을 걸었습니다."

오량의 방어가 생각 외로 단단하고 내공의 격차가 커서 그대로 장기전을 계속했다가는 필패였다. 그렇기에 가려는 일부러 허점을 드러내어 오량의 행동을 유도했다.

만약 오량이 다른 방법을 선택했다면 가려가 졌으리라. 예를 들면 전방위로 기공파를 때리는 대신 크게 거리를 벌리고 태세를 정비했더라면…….

하지만 계속된 공방 속에서 초조해진 오량은 승기가 보이는 순간, 그것을 지나칠 수 없었다. 그래서 가려가 의도한 대로 행동했고 결국 패했다.

"그랬군. 하지만 그 시점에서 도박을 걸다니, 무모한 건지 용맹한 건지 모르겠구려."

"제가 모시는 분께서……."

가려가 검을 집어넣으며 말했다.

"이기고 오라고 하셨습니다."

그 말이 떠올라서 그대로 포기할 수 없었다. 가려는 그렇게 말하고는 돌아섰다.

7

함성을 뒤로하고 비무대에서 내려가는 그녀의 모습을 보면서 형운이 하령에게 말했다.

"봤지? 누나가 이길 거라고 했잖아."

"자신 없어 하던 모습은 아주 입 싹 씻었네. 나도 그녀가 이길 줄 알고 있었어."

"퍽이나."

"정말이야. 하지만 그녀의 기술은 정말 재미있네. 오랜만에 배울 만한 걸 봤어."

"누나는 최고라니까. 음침한 호위대원의 일이나 할 사람이 아니라고."

형운은 신이 나서 말했다.

8

하지만 가려는 비무회에 우승한 뒤로도 별로 달라지지 않았다.

비무회가 끝나고 일주일쯤 지났을 때, 형운이 물었다.

"누나."

"네."

"여기저기서 이적 제안이 왔다면서요?"

"그랬지요."

허공에서 가려의 대답이 들려왔다.

비무회에서 우승한 후로 각 부서에서 그녀에 대한 문의가 쇄도했다. 그리고 그녀가 영성 호위대원이라는 것을 알게 되자 그대로 두기는 너무 아까우니 부디 다른 곳으로 소속을 옮기지 않겠냐는 제안이 쏟아졌다. 특히 장로회에 있는 두 명의 여성 장로 중 한 명, 지 장로가 무척 열의를 드러냈다는 모양이다.

하지만 가려는 그 모든 제안을 거절하고 영성 호위대원으로, 그리고 형운의 호위무사로 남았다.

형운이 투덜거렸다.

"이런 좋은 기회가 어디 있다고 거절해요? 굴러온 복을 걷

어차는 것도 정도가 있지."

"공자님은……."

그 말에 가려가 잠시 말끝을 흐렸다가 물었다.

"제가 호위무사를 그만두면 좋겠습니까?"

"음. 뭐, 가려 누나가 호위무사 그만두면 되게 아쉽겠죠."

형운이 솔직한 심정을 말했다.

가려와는 꽤 오랜 시간 동안 함께 지내왔다. 어딜 가나 그녀가 보이지 않는 곳에서 함께하고 있는 것을 당연하게 여겼고, 그만큼 정도 많이 들었다. 그녀가 호위무사를 그만둔다면 분명 아쉽고 또 허전할 것이다.

"그래도 전 누나가 장래를 위해서 좋은 선택을 하면 좋겠어요. 그런 기회를 얻고 싶어서 안달난 사람이 얼마나 많은데 그래요?"

"괜찮습니다. 전 이대로가 편하니까요."

"거참."

아무렇지도 않은 것 같은 가려의 대답에 형운이 입술을 삐죽였다. 아무래도 자신과 석준이 바라는 대로 되기가 쉽지는 않은 모양이다.

'이번만 기회인 건 아니니까 뭐.'

형운은 그렇게 생각하며 아쉬운 마음을 삭였다.

가려는 창밖의 서까래에 매달린 채 그런 형운을 바라보고 있었다. 형운은 몰랐지만 그녀는 평소와 달리 복면을 쓰지 않은 맨얼굴이었고, 입가에는 자기도 모르는 새 살짝 미소가 걸려 있었다.

제21장
강호 출도

1

무공을 연마하는 무인들은 언젠가는 문파의 본거지를 벗어나서 강호에 나가게 되게 마련이다. 명문 정파에서는 제자를 귀하게 여기기에, 성인이 되고 무공이 한 사람의 무인이라고 내세울 만한 수준에 이르기 전까지는 강호 출도를 시키지 않는 게 일반적이었다.

형운도 이런 경우에서 딱히 벗어나지 않았다.

열세 살에 귀혁의 제자가 된 이후로 열여덟 살이 된 지금까지, 형운은 거의 성해를 벗어나지 않았다. 몇 년 전에 귀혁을 따라서 황궁에 다녀온 것이 유일한 바깥 구경이었다.

그런 형운에게도 마침내 강호에 출도하는 날이 왔다.

2

총단 밖의 햇살이 뜨거워서 길거리의 개들도 혀를 길게 내밀고 헉헉거리는 7월의 어느 날, 형운은 날벼락 같은 소식을 들었다.

"어, 그러니까… 저보고 그 먼 설산까지 가라고요?"

형운이 눈살을 찌푸리며 물었다.

그 앞에서 영성 호위대원이 대답했다.

"예. 그러시라는 명령이 내려왔습니다."

"사부님도 안 계신데요?"

귀혁은 벌써 보름째 출타 중이었다. 비교적 가까운 곳에서 마교가 사고를 치는 바람에 황실에서 도움을 요청했기 때문이었다.

이런 상황에서 장로회는 형운에게 북방 설산으로 가라는 명령을 전달했다. 팔객의 일원, 설산검후 이자령이 문주로 있는 백야문(白夜門)의 태상문주의 아흔 살 생일잔치에 초대받았기 때문이었다.

영성 호위대원이 말했다.

"공자님께서 영성님을 대신해서 참가하라는 명령입니다."

"으, 아니, 그런 걸 맡길 사람이 따로 있지 저한테 맡겨요? 나보고 그런 자리에 가서 어쩌라고."

그 말에 영성 호위대원이 어이없어했다.

"형운 공자님 말고 누가 이 일을 맡을 수 있겠습니까? 사제분들은 아직 이런 일을 맡기에는 너무 어리십니다."

"…생각해 보니 그렇네."

이제 귀혁의 제자는 형운 혼자만이 아니지만, 아직까지 강호에 나설 만한 것은 형운뿐이다.

형운이 물었다.

"아니, 그런데 이런 일에 익숙한 다른 사람들이 있잖아요. 다른 오성의 제자분들이라든가."

"백야문에서 초대한 것은 영성님입니다. 다른 분들은 백야문과 별로 접점이 없다더군요."

"…설산검후 그분은 사부님하고 사이도 나빠 보이던데 도대체 어째서?"

"그것까지는 저도 모르겠군요. 그럼 이만 물러가겠습니다."

영성 호위대원은 명령서를 두고 돌아갔다. 형운이 중얼거렸다.

"아, 사부님도 없이 이 먼 길을 가야 한다니……."

설마 이런 식으로 강호 출도를 하게 될 줄은 생각 못 했다.

불안감이 물밀듯이 몰려왔다.

그래도 피할 수는 없었다. 형운의 나이가 나이다 보니 슬슬 별의 수호자 내에서 일을 맡아서 수행해야 할 때였다. 전에 귀혁에게 막아줄 수 있을 때까지 막아달라고 했는데 이제 그 효력이 다했다고 할 수 있겠다.

'뭐 갑자기 조직을 맡으라고 하지 않는 것만으로도 다행으로 여겨야겠지.'

보통 오성의 제자쯤 되면 실무 경험을 쌓기 위해 작은 사업체나 다른 조직을 이끄는 역할을 맡긴다. 형운은 갑작스레 그런 일을 맡지 않은 것만으로도 다행으로 여겼다.

일단 떠나는 것이 결정되자 일이 착착 진행되었다.

형운은 별의 수호자에서 파견하는 인원이 30명 정도이며, 그중에 서하령이 있다는 사실에 놀랐다. 그날 오후에 이 장로의 거처로 찾아가서 그녀에게 물었다.

"혹시 너도 백야문에서 따로 초대받았어?"

서하령은 황실에서 백야문주인 설산검후 이자령의 제자 진예와 비무해서 승리한 인연이 있다. 혹시 그때의 일 때문에 초대장이 날아왔나 싶었는데 그녀는 고개를 저었다.

"응? 아니."

"그럼 어째서?"

"내가 백야문에 가는 건 겸사겸사야."

"겸사겸사라니? 그쪽에 볼일이 있어?"

"가는 김에 곡정이나 찾아가 볼까 하고. 곡정이 고향도 그쪽이거든."

"아."

마곡정이라니, 정말 오랜만에 듣는 이름이다.

그가 별의 수호자 총단을 떠나서 고향으로 내려간 지도 벌써 2년이 지났다. 초반 몇 개월 동안에는 혹시 소식이 오지 않나 신경을 썼지만 요즘은 완전히 잊고 살았다. 작년에 일월성신을 이루느라 반년간 잠들어 있은 이후로 워낙 정신이 없었기 때문이다.

형운이 물었다.

"곡정이한테 소식이 온 거야?"

"짧게 편지가 왔어."

"뭐라고 왔는데?"

"살려달래."

"…응?"

형운이 눈을 크게 떴다. 서하령이 책장으로 가더니 편지들을 모아둔 편지첩을 펼쳐서 마곡정에게서 가장 최근에 온 편지를 꺼냈다. 그녀에게 편지를 건네받은 형운이 물었다.

"이거 내가 봐도 되는 거야?"

"별 내용은 없거든. 곡정이가 애당초 그렇게 시시콜콜하게 개인 사정을 늘어놓을 애가 아니잖아?"

"그야 그렇긴 하군."

형운은 납득하고는 편지를 펼쳐 보았다.

편지의 내용은 정말 간단했다.

'누나, 살려줘.'

"…이거 뭐야?"

"다른 편지의 내용도 비슷해. 한동안 소식이 없었던 건 딱히 곡정이가 무심해서 그랬던 게 아니라 소식을 전할 여유가 전혀 없어서였던 것 같아."

"무슨 짓을 당하고 있길래 이런 편지를 쓰는 거지?"

항상 서하령에게 그만 좀 맞고 살고 싶다던 마곡정이 그녀에게 살려달라고 애원하는 편지를 보내다니, 도대체 무슨 일이 있었던 건지 모르겠다. 당혹스러워하는 형운에게 서하령이 말했다.

"나도 궁금해서 좀 알아봤는데, 곡정이네 영수들의 교육이라는 게 보통 심한 게 아닌가 봐."

"으음. 도대체 어떤 교육이기에……."

"나도 궁금해서 가보려는 거야. 근데 북방 설산이 내가 가고 싶다고 갈 수 있는 곳은 아니니까, 이번에 백야문에 가는 게 좋은 기회가 될 것 같아서 할아버지께 부탁드렸어."

"그랬구나."

형운이 혀를 내둘렀다. 그리고 물었다.

"나도 같이 가봐도 돼?"

"일단 명목상으로 이번 일의 책임자는 너야. 네 마음대로 해도 돼."

"음, 그럼 갈게."

형운과 마곡정의 사이는 걱정된다고 먼 걸음을 하기에는 좀 미묘하기는 했다. 하지만 투닥거리면서 나름 친해졌었다고 생각하는지라 2년 동안 못 보는 사이 이런 편지가 와 있다니 한 번쯤 가봐야겠다 싶었다.

3

백야문으로 떠나는 건 7월 말이었다.

백야문 태상문주의 아흔 살 생일잔치는 9월 말이니 두 달의 여유가 있다. 하지만 워낙 먼 길을 가는 것이고, 북방은 사시사철 얼어붙어서 길이 험하기에 충분한 여유를 두고 출발해야 했다.

그리고 이번 여행에는 예은이 따라가지 못하게 되었다. 그녀는 따라가겠다고 했지만 형운이 말렸다.

"알아봤는데, 북방 설산은 산세도 험하고 사시사철 얼어붙어서 위험이 너무 커. 그래서 이번에 같이 가는 일행은 전원 무공을 배운 사람으로만 구성하기로 했어."

"하지만 공자님 시중 들 사람이 필요할 텐데……."

예은이 울상을 지었다.

뭐 솔직히 그녀도 북방 설산에 간다는 소리를 들었을 때는 두려움이 앞섰는지라 형운의 결정에 안도감이 들었다. 오가는 데 넉 달 이상은 걸릴진대 그 기간 동안은 동생도 못 보고 힘든 여행길을 오가야 하는 게 아닌가?

형운이 말했다.

"걱정 마. 무공을 할 줄 아는 사람으로 제한하기는 했지만 짐꾼도 있고 시비도 있거든."

"네?"

예은이 황당해했다.

"무공을 할 줄 아는 분들이라면 무사님이잖아요?"

"그렇다고 할 수 있지."

"그런 분들이 짐꾼에 시비를 해요?"

"그런 사람들도 있더라고. 예를 들면 표사라든가."

"아."

확실히 멀리 보내는 물건을 맡아서 운송하는 표행 사업에 종사하는 표사들은 다들 무인이면서 짐꾼이기도 하다. 등급이 높은 사람들은 짐꾼 노릇은 안 하고 짐을 지키는 역할만 하기는 했지만.

"시비 중에도 호위 시비가 있잖아?"

시비 중에는 무공을 익혀서 시비의 신분이면서 동시에 호위무사이기도 한 특수 직종이 있다. 호위 시비는 주로 높은 신분의 여성들을 위한 고급 인력이었다.

"참 별의 수호자도 쓸데없이 사업 분야가 넓다니까."

형운이 툴툴거렸다.

별의 수호자는 기본적으로 연단술사들의 조직이라 비약을 비롯한 각종 약의 제조와 판매를 가장 중시한다. 그리고 거기에 관련된 약초 재배와 채집, 유통에서도 큰 영향력을 발휘한다.

하지만 그 외에도 정말 손을 안 대는 분야가 있긴 있나 싶을 정도로 방대하게 사업을 벌이고 있다. 괜히 대륙 전체를 통틀어서 세 손가락 안에 들어가는 금력을 가진 게 아니었다.

"그러니까 그쪽으로도 별로 염려 안 해도 될 거야."

"으음. 그러면 출발하시기 전까지 준비에 최선을 다할게요."

어쨌거나 이번에는 형운이 일행의 우두머리 노릇을 해야 하기 때문에 신경 쓸 게 많았다. 이런저런 일들이야 실무자들이 다 알아서 해주지만 결정권자가 형운인 것이다. 형운은 지금까지 높으신 분으로서의 일은 해본 적이 없는지라 꽤나 허둥거리고 있었다.

예은은 그런 형운의 부담을 조금이라도 덜어주고 싶어서 최선을 다했다. 하지만…….

"예은아. 겨울옷을 이렇게 바리바리 싸 들고 갈 필요는 없는데……."

형운이 예은이 싸주는 짐을 보고는 쓴웃음을 지었다.

1년 내내 겨울이라고 할 수 있는 곳에 간다고 하니 예은이 두꺼운 겨울옷들을 잔뜩 준비해 두었다. 외투는 물론이고 목도리에 털모자에 장갑에…….

"트, 특히 이런 건 필요 없어."

형운이 털실로 짠 속옷을 치우면서 얼굴을 붉혔다.

예은이 말했다.

"무슨 말씀이세요. 공자님께서 늘 따뜻한 여기에서만 지내셔서 그렇지, 밖은 겨울 되면 꽤나 춥다구요. 성해도 그런데 북방 설산은 오죽하겠어요?"

"아니, 그게……."

"창피하다고 방한 대책을 게을리 했다가는 얼어 죽을 듯한 추위 속에서 후회할 뿐이라구요."

예은이 털 속옷을 다시 짐 속에다 우겨 넣으며 말했다. 형운은 그녀의 기세에 밀려나면서 생각했다.

'아이고, 예은이도 꽃다운 나이의 소녀인데 왜 이렇게 엄마 같은 소리를…….'

워낙 어릴 때 부모님을 여의어서 엄마에 대한 기억이 없는 형운이지만, 잔소리하는 예은을 보니 절로 그런 생각이 들었다. 형운이 한숨 섞인 목소리로 이유를 설명했다.

"예은아, 이참에 하나 고백할 게 있어."

"뭔데요?"

"난 한서불침(寒暑不侵)을 이루었단다."

"네? 그게 뭔데요?"

예은이 고개를 갸웃했다. 단어만 들어도 대충 감이 오기는 하지만, 일반인 입장에서는 설마 그런 게 가능하리라고는 생각하기 어려운 것이다. 게다가 무공의 전문용어들이 비유적으로 쓰이는 게 많기도 하고.

"말 그대로야. 추위나 더위에 괴로워하지 않는다고."

"…네에?"

예은의 눈이 휘둥그레졌다.

형운이 한서불침이 된 것은 일월성신을 이루고 나서였다. 그 전에도 내공의 심후함 때문에 추위와 더위에 영향받는 일이 적었지만, 이제는 아예 알몸으로 얼어붙을 듯한 추위 속에 내던져진다 해도 그러려니 하게 되었다. 감각을 통해 전해지는 정보로 얼마나 추운지, 더운지를 인식하기는 하지만 그게 고통으로 이어지지 않는 것이다.

설명을 들은 예은이 믿을 수 없다는 듯 입을 가렸다.

"세상에. 말도 안 돼."

"나도 예전에는 그렇게 생각했던 적이 있었는데… 살다 보니 내가 그렇게 되더구나."

"공자님, 치사해요. 피부도 그렇게 좋으신 분이 어쩜 그런 말도 안 되는 체질까지……."

예은이 뾰로통해져서 투덜거렸다.

형운이 의아해했다.

"아니, 거기서 왜 피부 이야기가 나와?"

"공자님은 거울 좀 자주 보셔야 해요."

"왜?"

"시비들 사이에서 공자님 피부가 얼마나 질투의 대상인지 아세요? 무슨 성장기 남자의 피부가 저렇게 좋을 수가 있냐고 비법 좀 알고 싶다고 다들 난리예요, 난리!"

"그, 그래?"

형운이 당황했다.

그의 피부가 좋은 건 사실이다. 워낙 맛은 지독하게 없고 몸에는 엄청 좋은 것들만 먹고 사니 잡티 하나 없이 뽀송뽀송한데 일월성신을 이룬 후에는 그런 경향이 더욱 강해졌다.

귀혁은 자기가 목표로 하는 형운의 피부 상태를 가리켜 이렇게 평했다.

'어떤 짐승의 가죽보다도 질기고 튼튼하면서 동시에 절세미인처럼 희고 깨끗하여 아름다워야 한다. 영수 중에서도 아주 고고한 혈통을 이은 자나 가질 법한 이상적인 피부라고 할 수 있지.'

…이게 말이 되는 소리인가 싶지만, 문제는 형운이 실제로 그런 상태에 도달했다는 것이다. 지금 형운의 피부는 여자들이 질투할 정도로 고운 주제에 부엌칼 같은 걸로 그어보면 그냥 붉은 자국만 나지 상처가 안 난다.

예은이 토라진 기색으로 자기 얼굴을 쓰다듬었다.

"전 요즘 자꾸 뭐가 나서 큰일인데."

"에이, 예은이 너도 피부 좋잖아."

"공자님이 그런 말씀 하시면 놀리는 걸로 들린다니까요."

예은도 또래의 소녀들 중에서는 피부도 무척 좋고 예쁘장한 외모다. 하지만 형운을 단장시킬 때마다 그의 피부 상태에 정말 놀라게 된다.

형운이 볼을 긁적였다.

"딱히 이렇게 되고 싶어서 된 건 아닌데……."

"그런 말씀 다른 데 가서는 하지 마세요. 온 세상의 여자를 적으로 돌리게 될 테니까요."

"아, 알았어."

눈을 부라리며 쏘아붙이는 예은의 말에 형운이 움츠러들었다.

4

황실에서는 어지간하면 강호의 무인에게 약한 소리를 하지 않는다.

세상에 명리를 떠나 야인으로 사는 무인이 많다고는 하나 그 이상으로 입신양명을 꿈꾸는 이도 많다. 당연히 황실에도 뛰어난 무인이 넘쳐 났다.

그러나 그들이 고고한 자존심을 꺾을 수밖에 없는 문제가 있다면 바로 마교에 관한 일이다.

중원삼국의 황실은 마교들을 존재해서는 안 되는 악으로 규정지었다. 천년의 역사를 이어온 마교들은 언제나 세상의 이면에서 불순한 움직임을 계속해 왔다.

역사상 중원삼국의 안위가 그들에 의해 위협받은 적도 셀 수 없이 많으며 심지어 황제가 그들에게 살해당한 사건조차 있었다. 신수와 그 일족의 가호조차도 돌파하고 참극을 일으킨 무시무시한 저력을 가진 것이다.

그런 과거가 있기에 하운국 황실에서는 마교 문제에 있어서는 유연한 태도를 보였다. 마교의 움직임에 대응하기 위해 투입한 병력이 희생당하기 시작하자 강호의 무인들에게 도움을 청했던 것이다.

이 문제에 있어서 예전에 흑영신교와 광세천교 토벌에서 혁혁한 공을 세운 귀혁이 불려 나오는 것은 필연이었다.

"흠."

귀혁은 불길에 휩싸인 대지를 걷고 있었다.

"도망치는 솜씨가 아주 일품이군그래."

스스스스스…….

대지를 태우는 불길은 아무리 봐도 그 움직임이 자연스럽지 않았다. 자연스럽게 바람을 따라서 타오르는 것들도 있지만 그 사이사이에 마치 뱀처럼 뭉쳐서 흐느적거리며 돌아다니는 불의 군집체들이 보인다.

귀혁은 그것들을 무시하고 불길 너머를 바라보았다. 그의 시선이 닿은 곳에는 검은 안개로 이루어진 그림자 같은 존재가 있었다.

"흉왕, 당신하고 만날 날을 고대하면서 솜씨를 갈고닦았지."

기분 나쁜 울림이 섞인 목소리였다.

그 목소리의 주인은 정말로 사람 같지 않은 모습이었다. 너덜너덜한 검은 천으로 전신을 얼기설기 두르고 있는데 그 속에서 검은 안개 같은 기운이 퍼져 나갔다 다시 뭉쳤다를 반복한다. 마치 심장 박동에 맞춘 것 같은 그 움직임이 그의 모습을 실체가 아닌 허깨비처럼 보이게 만들었다.

그 속에서 시뻘건 도깨비불 같은 불길 두 개만이 선명하다. 그것이 바로 그의 눈동자였다.

귀혁이 시큰둥하게 물었다.

"싸우는 솜씨를 갈고닦지 그랬나?"

"물론 그쪽도 갈고닦긴 했지."

"그럼 용기를 내보는 게 어떤가? 광세천교의 칠왕씩이나 되는 자가 너무 겁이 많군? 인간이기를 포기하고 사령인(邪靈人)이 되었으면서 인간이 두려운가?"

상대는 형운을 데려올 당시, 천유하를 납치하려고 했던 흑수귀와 마찬가지로 사령인이었다. 마공을 터득한 마인들 중에서도 완전히 인간임을 포기하고 극단적인 어둠에 빠진 존재다.

사령인은 살아 있는 인간과 달리 사악한 기운으로 이루어진 존재라 그 육신이 자유자재로 변화하며 온갖 사이한 수법들을 사용한다. 의심의 여지가 없는 괴물이었다.

또한 그는 광세천교의 칠왕 중 하나, 나곤이었다.

"난 지금도 충분히 용기를 내고 있는 중인데."

"쥐새끼처럼 도망 다니는 게 말인가?"

"그렇지. 당신과 이렇게 마주하고 있는 것 자체가……."

거기까지 말하던 나곤의 신형이 팍 하고 흩어졌다. 검은 안개가 사방으로 흩어지는 순간, 그 자리에서 섬광이 폭발한다.

콰아아앙!

한순간에 아름드리나무가 산산조각 나서 흩어지고, 그 주변의 불길이 원형으로 밀려났다.

그리고 귀혁이 어느새 그 한가운데 있었다.

"큭, 무극의 권이라. 이런 걸 밥 먹듯이 쓰다니… 사람이 맞는지 의심스럽군."

한순간에 안개로 변했다가 30장(약 90미터)쯤 떨어진 곳에서 실체화한 나곤이 비틀거렸다.

무극의 권.

검사의 신검합일(身劍合一), 혹은 심검(心劍)과 같은 경지라고 일컬어지는 권사의 극의였다.

몸을 자유자재로 변화시킬 수 있는 사령인인 나곤은 피하고 도망치는 솜씨 하나는 일품이었다. 그렇기에 대화로 주의를 분산시키다가 급습을 가한 것이다.

기파를 비롯해서 공격을 예측할 만한 조짐을 모조리 지워버린 공격이었다. 최절정의 기예를 이런 식으로 펼쳐 내다니, 아무리 칠왕의 일원인 나곤이라지만 도저히 정면으로 대적할 엄두가 나지 않았다.

귀혁이 말했다.

"아까 그놈보다는 확실히 낫구나."

"하하. 아무리 그래도 막내랑 비교하면 좀 그렇지?"

"막내라. 인간을 버린 주제에 사형제 간의 정이라도 있는 게냐?"

귀혁이 코웃음을 쳤다.

그가 나선 것은 광세천교가 비밀리에 건설한 대규모의 비밀 거점을 발견했기 때문이었다. 대륙 각지에서 납치해 온 아이들을 세뇌 교육을 통해서 광세천교도로 육성하고, 많은 인간들을 사악한 대법으로 마공을 연마하기 위한 식량처럼 사용했다.

광세천교도는 이 거점을 아주 치밀하게 감춰놓았다. 이곳을 감추기 위해서 인근에 또 다른 거점을 그럴싸하게 만들어서 희생양으로 삼기까지 했다.

그런데도 발각된 것은 황실에서 환예마존 이현의 수제자 중 하나, 규람을 파견했기 때문이었다.

규람은 사형제 중에서도 특히 천기를 읽고 예지를 좇는 데 특화된 능력의 소유자였다. 미끼로 던진 분타를 궤멸하고 나서도 뇌리에서 사라지지 않는 불길함 하나만을 믿고 끈덕지게 조사한 끝에 이곳을 밝혀내었다.

하지만 어디에서 정보가 샜는지, 귀혁이 황실의 병력과 함께 들이닥쳤을 때는 칠왕 중 세 명이 투입되어 철수 작전을 수행하고 있었다. 귀혁은 그들이 철두철미하게 준비한 기환진 속에 갇힌 채로 나곤과 또 다른 칠왕, 가한을 상대해야 했다.

나곤이 말했다.

"당연하지. 내가 인간을 버린 것은, 인간으로 남은 이들의 숙원을 위해서니까."

"초월적인 마(魔)에 매달려서 자기가 사는 사람의 세상을 보지 못하는 헛소리가 역겹구나."

"이 연옥에 미혹된 너희들에게는 그렇게 보이겠지. 어쩔 수 없는 일이다. 그대와 같은 인물조차도 그 미혹에서 벗어나지 못하니……."

나곤이 혀를 찼다.

광세천교의 교리에 따르면 이 세상은 연옥이다. 처음부터 제대로 완성되지 않고 잘못된 섭리가 지배하는, 언젠가 구주인 광세천이 임했을 때 모두가 고통받지 않는 진짜 세상으로 다시 태어나기 위한 알일 뿐이다.

그렇기에 그들은 광세천의 가르침을 믿지 못하고, 연옥을 진짜 세상이라 여기는 세상 사람들을 '미혹된 자들' 이라고 부르며 동정했다. 그리고 그렇게 미혹되어 있는 이들을 죽이는 것은 오히려 그 영혼이 다시 태어나 광세천의 가르침을 따를 기회를 주는 선업(善業)이라 여겼다.

'이자가 우리가 광세천을 모실 준비가 되었음을 증명하기 위해 넘어야 하는 시련이라면 너무나도 가혹하구나. 그분은 어째서 이토록 무서운 자를…….'

이 기환진은 그들에게 압도적으로 유리한 환경을 만들어 주었다. 그 속에서 가한과 함께 둘이 덤볐는데도 귀혁에게 단 한순간도 우세를 점하지 못했다. 채 백 합을 겨루기 전에 가한이 중상을 입고 이탈했고, 나곤 혼자서 도망 다니면서 시간을 끌고 있었다.

"음, 시간이 되었군."

문득 나곤이 중얼거렸다.

그가 맡은 것은 어디까지나 아군의 철수가 용이하도록 이 기환진 속에서 귀혁을 상대로 시간을 끄는 것이다. 바깥에서 이제 그만 물러날 때가 왔다는 연락이 날아들자 주저 없이 그 자리를 빠져나갔다.

마치 꿈속의 풍경처럼 무너져 가는 기환진 속에서, 나곤의 목소리가 환청처럼 울렸다.

"이번에는 패배를 인정하지만… 다음번에는 다를 것이다, 흉왕."

"그래. 다음번에는 이렇게 도망치지 못할 것이다."

"……"

자신을 비웃는 귀혁의 말에 나곤은 할 말을 잃고 사라져 갔다.

그리고 기환진에서 빠져나온 귀혁에게 황실에서 파견된 중년의 기환술사, 규람이 다가와서 말했다.

"무사하셔서 다행입니다."

"유감스럽게도 놈들은 놓쳤소."

"그 둘을 붙잡아주신 것만으로도 충분했습니다. 무사히 보내주시지도 않은 것 같고."

규람이 빙긋 웃으면서 상황을 알려주었다.

칠왕 때문에 피해가 좀 있긴 했지만 그래도 많은 광세천교도를 사로잡았고, 그들이 육성 중이던 아이들과 희생양으로 삼기 위해 잡아둔 사람들을 구출했다. 칠왕 세 명이 모두 도망친 건 아쉽지만 작전 목표는 달성한 셈이다.

귀혁이 말했다.

"하지만 이제부터가 큰일이겠군."

"그렇지요."

규람이 쓴웃음을 지었다.

천 년이 넘는 세월 동안 명맥을 이어오면서 수많은 광신도를 만들어낸 광세천교의 세뇌 교육은 지독하다. 이곳에서 육성하던 아이들을 그 영향에서 벗어나게 하려면 꽤나 힘들 것이다.

규람이 말했다.

"그 점에 대해서는 운룡족 분들의 도움도 받기로 했습니다."

"우리도 필요한 게 있으면 물심양면으로 지원하겠소."

"감사히 받도록 하지요."

규람이 일을 처리하기 위해 물러나자 귀혁은 황실의 무사들에게 이끌려 걷고 있는 아이들을 보며 중얼거렸다.

"형운 녀석은 잘하고 있는지 모르겠군."

한동안 멀리 나와 있긴 했지만 총단에서 무슨 일이 일어나고 있는지는 소식을 꼬박꼬박 듣고 있었다. 그래서 형운이 이번에 자신을 대신해서 백야문에 간다는 것도 들었다.

허가를 하기는 했지만 아무래도 걱정이 된다. 형운은 지금까지 자기 지위에 맞는 일과는 담을 쌓고 살았다. 그런데 갑자기 먼 길을 보내도 괜찮을까?

그런 이야기를 하자 석준이 어이없어했다.

"제가 새삼 느끼는 건데… 영성님께서도 많이 변하셨습니다."

"뭐가 말인가?"

"남들이 들으면 과보호한다는 소리가 나올 법한 말씀을 하고 계시니 말입니다."

"…그런가?"

"그렇지요. 형운 공자 나이면 벌써 이런저런 일을 해봤어야 할 때인데 품속에서 놔주질 않으셨잖습니까? 무공이 떨어지는 것도 아닌데요. 형운 공자가 영성님의 눈에는 미숙하게만 보일지 몰라도 내공 수위만도 6심입니다."

"으음. 그렇기는 하지. 그래도 기왕이면 이번에 7심이 된 후에 나갔으면 좋았을 것을……."

"…강호의 무인들이 들으면 이게 도대체 무슨 소린가 할 겁니다."

"지금까지 워낙 잘 풀려서 이번에도 되지 않을까 싶었단 말일세."

귀혁이 쓴웃음을 지었다.

형운은 얼마 전에 성존의 명령으로 지급된 또 하나의 일월성단—별을 취했다.

그로써 성존이 원하는 대로 그와 만나기는 했지만 내공 수위는 여전히 6심 그대로였다. 일월성신을 이루었을 때도 그러더니 압도적인 힘이 유입되고 그것을 육체라는 그릇이 담아내는데도 내공 수위에 변동이 없었다.

'하긴 슬슬 정체 상태에 들어가도 이상하지 않지만… 광혼심법이라면 할 수 있을 줄 알았는데.'

내공 수위를 높이는 것은 한 단계가 올라갈 때마다 기하급

수적으로 난도가 높아진다. 그릇을 갖춰야 하는 것은 물론, 기에 대한 깊은 이해와 그것을 다루는 감각이 뒷받침되어야만 가능하기에 강호상에서 7심 이상의 내공 수위를 가진 이를 찾기 어려운 것이다.

그러니 형운의 내공이 정체 상태에 들어간 것은 어찌 보면 당연한 일이다. 그래도 귀혁은 광혼심법이 그런 문제를 극복할 수 있다고 여겼기 때문에 이 결과가 못내 아쉬웠다. 이 이상 내공 수위를 높이지 못하면 이번에 취한 일월성단—별의 힘은 서서히 몸에서 빠져나갈 테니…….

생각에 잠겼던 귀혁에게 석준이 말했다.

"어쨌든 걱정하지 않으셔도 될 겁니다. 위험도가 큰 일도 아니고, 보좌로 따라가는 인력도 출중하니까요."

"그래도 역시 걱정되는군. 하필이면 검후에게로 간다니."

"백야문은 명문정파고, 검후 그분께서 영성님과 사이가 안 좋다고는 하지만 설마 축하하러 간 공자님께 해코지를 하시진 않을 거 아닙니까?"

"음, 그렇겠지."

귀혁은 그렇게 말하면서도 왠지 우려가 걷히지 않은 표정을 짓고 있었다.

5

수련, 여행 준비, 수련, 여행 준비…….

이 두 가지로만 채워진 단조로운 일상을 반복하다 보니 어느새 7월 말이 되었다. 형운은 자신을 포함, 총 서른네 명으로 이루어진 일행을 이끌고 총단을 떠났다.

일행의 이동 속도는 그렇게 빠르지 않았다. 도보로 이동하지는 않았지만 그래도 마차를 몇 대 동원하다 보니 그럴 수밖에 없었다.

그래도 워낙 여행 계획이 잘 짜여 있었기 때문에 출발 후 일주일 동안은 한 번도 노숙하지 않고 매일 제대로 된 잠자리를 쓸 수 있었다. 하지만 장기간의 여행은 항상 계획에 없는 변수가 나타나게 마련이다.

"와, 진짜 이런 일이 있구나."

형운이 앞을 가로막은 이들을 보며 중얼거렸다.

처음부터 좀 돌아가더라도 최대한 안전한 길을 이용해서 가기로 했다. 하지만 세상에 완전히 안전하기만 한 길은 없는 법이다. 각 성에서 멀어지고 인적이 드문 곳으로 들어가면 반드시 위험이 도사리고 있었다.

그중 가장 대표적인 것을 꼽자면 산적이라 할 것이다.

서하령이 마차에서 고개를 내밀고 물었다.

"산적 처음 봐?"

"응. 되게 신기하네."

"…산적을 보고 무슨 도시에 처음 상경한 촌놈 같은 감상을 말하니 좀 미묘하네?"

"그러게. 하지만 전에 봤을 때는 나한테는 안 보여주고 호위대가 처리해 버렸는지라……."

이번에는 여기 모인 34명이 인원의 전부였는지라 형운에게 보이기 전에 미리미리 처리될 수가 없었다. 형운이 슬금슬금 앞뒤를 포위하는 산적들을 보며 생각했다.

'진짜 산적이라고 얼굴에 써 붙인 거 같은 사람들일세.'

산적들의 수는 한 50명 정도로 규모가 상당했으며 하나같이 우락부락하고 인상이 험악했다. 그리고 들고 있는 무장은 전혀 통일성이 없었고, 몇몇은 짐승 가죽을 걸치고 있어서 한층 거칠어 보였다.

형운이 그들을 관찰하는 동안, 우두머리로 보이는 대머리 거한이 앞으로 나서서 이러쿵저러쿵 떠들어대고 있었다.

"…얌전히 가진 걸 다 내놓고 엎드려라! 그럼 목숨만은 부지할 수 있을 게다!"

욕설이 섞인 이런저런 협박 문구를 늘어놓은 다음 그렇게 마무리를 한다.

형운이 옆을 보며 물었다.

"어쩌죠?"

"어쩌시겠습니까?"

이번 여행에서 형운의 보좌 역을 맡은 영성 호위대원 조묵이 되물었다. 어디까지나 결정권자는 형운이라는 태도였다.

"보통은 어떻게 하는데요? 제가 이런 경우가 처음이라."

"음. 보통은… 그냥 다 죽이지요."

"…아, 역시?"

"여유가 있으면 붙잡아다 관에다 넘기기도 합니다만 여기서 가기에는 좀 멀지 않습니까?"

"그런 이유로 이 정도 숫자를 죽여 버리는 건 좀……."

"인명을 존중하시는 마음은 좋습니다만, 보통 이런 곳에서 저런 차림새로 산적질 하는 놈들이야 심성이 썩은 놈들입니다. 지금 재물을 바치면 살려주느니 뭐니 하고 떠들어대는데 실제로 그러지도 않을 겁니다. 일단 이런 데서 가진 거 다 뺏기고 발가벗겨지면 산에 내려갈 때까지 살아 있기 힘들죠. 그리고 여자들의 경우는… 뭐, 굳이 설명해 드리지 않아도 짐작하시겠고요."

"흠."

형운이 눈살을 찌푸렸다.

그러는 사이 산적 두목은 인상을 한층 험악하게 굳혔다. 이

놈들이 지금 자기 말을 완전히 무시하고 자기들끼리 떠들어 대고 있는 게 아닌가?

"이거 어디 도련님인지는 모르겠지만 상황 파악이 안 되나 보군. 아니면 일행 중에 무공 좀 한다는 놈들이 섞여 있어서 겁대가리를 상실했나?"

산적 두목은 그렇게 말하더니 들고 있던 커다란 칼을 휘둘렀다.

후우우우웅!

칼날이 두텁고 완만하게 휘어진, 웬만한 사람은 들어 올리지도 못할 것 같은 칼이다. 하지만 바위 같은 근육질의 소유자인 그는 그것을 가볍게 휘둘렀다. 칼을 휘두른 궤적을 따라서 날카로운 바람이 일어나며 주변에서 흙먼지가 일어나는데, 그가 그냥 힘만 좋은 게 아니라 무공을 익혔음을 알 수 있었다.

"믿고 있는 놈이 있으면 내보내 봐. 당장에 박살을 내주지. 내가 여기서 영업 시작하고 조진 표사 놈만 두 자릿수다."

"음."

형운이 물었다.

"조졌다는 건… 죽였다는 뜻인가요?"

"그래."

"알지도 못하는 표사들한테 표물을 내놓으라고 한 다음에 그러지 않겠다고 하니 죽였다 이거죠?"

"그렇지. 그런 걸 굳이 물어봐야 아나? 좋은 집 도령 같은데 머리가 나쁘구만."

"하아."

형운이 한숨을 쉬었다. 그리고 성큼성큼 앞으로 나아가기 시작했다.

산적 두목이 의아해하며 물었다.

"뭐냐?"

"믿고 있는 놈 있으면 내보내래서 왔는데요."

형운이 그 앞에 서서 대답했다. 산적 두목이 대답했다.

"뭐?"

"어디 한번 조져 봐. 할 수 있으면."

형운이 그를 노려보았다. 이런 부류가 제일 싫다. 예전에 자신을 괴롭혔던 자들보다도 훨씬 악질이 아닌가?

산적 두목이 발끈했다.

"어린놈이 정신이 나갔군? 집안에서 교육을 어떻게 시켰길래… 쯧쯧. 집안이 잘살면 뭘 해. 부모가 글러먹으면 애가 이렇게 된다니까. 세상 무서운 걸 배워야겠구나."

"구체적으로 어떻게 무서운데?"

형운이 반말로 물었다. 이런 놈 상대로 존댓말을 쓰기 싫었다.

산적 두목이 말했다.

"집안에서 그랬던 것처럼 세상일이 네 맘대로 되는 게 아니란 걸 배워야 한단다, 얘야. 뭐 교육을 해야 하니 죽이진 않으마. 어르신의 심기를 상하게 했으니 팔다리만 부러뜨려서 어디 팔아넘겨 주마. 나머지 사람들이 어떻게 되는지는 잘 봐둬라. 여자들 외모가 반반하니 돈으로 만들기 전에 다들 꾹 눌러주마."

"하아. 쓰레기 같은 소리만 하네, 진짜."

"그놈의 말버릇은 어디가 날아가 봐야 고쳐지겠구나!"

산적 두목이 칼을 휘둘렀다. 아무런 주저함도 없이 형운의 팔을 잘라 버릴 궤도로 공격을 가한다.

형운은 그 순간 마음속에 존재하던 망설임을 버렸다.

쾅!

폭음이 울렸다.

순간 산적들은 무슨 일이 일어났는지 몰라서 어리둥절해 했다.

분명 자기들 사이에 두목이 서서 저 현실 파악 안 되는 도련님에게 일장연설을 늘어놓다가 공격을 가했다. 그런데 갑자기 폭음이 울려 퍼지더니 그가 사라져 버렸다?

형운은 조금 전과 전혀 다르지 않은 자세로 서 있었다. 그리고 산적 두목의 존재를 잊은 것처럼, 그 뒤편에 있던 자에게 물었다.

"혹시 당신들 산채에 사람 잡아두고 있어?"

"무, 무슨 짓을 한 거냐?"

"내가 먼저 물었잖아."

"이 자식! 사술을 부리는구나!"

주춤거리며 뒤로 물러나던 산적들은 뭔가 물컹한 걸 밟고는 흠칫했다. 고개를 돌린 그들은 곧 거기에 쓰러져 있는 사람을 발견하고는 대경실색했다.

"으헉! 두목!"

입에서 피를 흘리는 산적 두목이 큰대자로 뻗어 있었다.

문득 형운이 허공에 손을 뻗었다. 그러자 허공에서 반짝이는 뭔가가 빙글빙글 돌며 떨어지다가 그 손에 잡혔다.

"저, 저저저저저……."

그게 뭔지 알아본 산적들이 한층 경악했다. 산적 두목의 칼이 허공으로 날아올랐다가 떨어지는 것을 형운이 잡아챈 것이다.

그제야 그들은 상황을 파악했다. 형운이 자신들의 눈에 보이지도 않는 움직임으로 두목을 날려 버렸다는 것을.

형운은 그들을 노려보며 마음을 다잡았다.

'해야 할 일이야.'

형운의 일격을 받은 산적 두목은 죽었다. 나름대로 무공을 연마한 것 같지만, 지금의 형운에게는 그가 휘두르는 검이 일부러 장난치는 게 아닌가 싶을 정도로 느리게 보였다.

사람을 죽였다는 사실이 가슴을 묵직하게 짓누른다. 형운은 그와 대치하는 순간에도 망설이고 있었다. 그가 산적이고, 죽여 마땅해 보이는 말만 했지만 그것만으로는 사람의 목숨을 어떻게 할지 결정할 수 없지 않은가?

그러나 아무런 주저도 없이 살심을 담은 칼을 휘둘렀을 때, 형운은 마침내 마음을 정할 수 있었다.

"흠……."

그때 뒤쪽에서 조묵이 책자 하나를 꺼내서 살펴보더니 말했다.

"방금 공자님께서 날려 버린 두목의 행색으로 보아, 이놈들은 아마 거웅채인 것 같군요."

"거웅채?"

"두목이 곰을 잡아서 가죽을 쓰고 다녀서 그런 이름이었을 겁니다, 아마. 꽤 악질이네요. 보통 표사들은 표행을 가다가 산적들을 만나면 통행세를 내고 좋게 해결을 보는 경우가 많은데 이놈들은 그걸로 만족하고 넘어가는 경우가 별로 없었군요. 통행세를 받은 뒤 뒤통수를 치는 일은 예사고 사람들을 불구로 만든 다음에 인신매매를 하는 일도 잦아서 이 부근의 골칫거립니다. 아마 산채에 사람들이 꽤 잡혀 있을 겁니다."

"그렇군요."

"어쩌시겠습니까?"

"……."

형운은 잠시 심호흡을 했다.

몸이 떨린다. 자기가 해야 하는 말이 무겁게 느껴져서 숨을 못 쉴 것 같다.

'이래서 싫었는데.'

형운은 영성의 제자로서 별의 수호자 내의 일을 맡아 수행한다는 게 어떤 의미인지 일찌감치 알아차리고 있었다.

어렸을 적에 환상과 동경을 담아 바라보았던 강호의 수많은 영웅담들이 사실은 얼마나 무서운 것인지 이제는 잘 안다. 객잔의 심부름꾼으로 일하던 무렵부터 뒷골목에서 이권을 쥔 건달패거리들이 항쟁하다가 불구가 되거나 목숨을 잃는 것도 보았으니 그 시절부터 알고는 있었다고 해야 할 것이다.

그런 위험이 남 일이 아님을 실감한 것은 성해를 급습했던 흑영신교의 무리들과 마주했을 때였다. 첫 살인의 기억은 형운의 내면 깊숙한 곳에 각인되어서 주먹을 휘두를 때마다 그 무게를 실감하게 했다.

그래서 지금까지 세상에 나오는 걸 미루고 있었다. 하지만 이제는 더 이상 도망칠 수 없다는 걸 알기에 각오를 다졌다.

"투항하는 자들은 살려주세요. 산채에 가서 사람들을 구출한 뒤에 인근 관아에 넘기겠습니다. 일정이 지체되기는 하겠습니다만……."

"괜찮습니다. 애당초 이런저런 문제가 일어날 경우를 고려해서 짠 일정이니까요."

조묵은 그렇게 말하며 책을 덮었다.

그는 석준이 차기 영성 호위대장 후보로 올려놓고 있는 인재 중 하나였다. 형운이 처음으로 강호 출도를 하니 각별히 신경 써서 보좌해 줄 수 있는 인물을 붙여준 것이다.

곧 조묵이 일행에게 전투를 명하니, 산적들은 자기들이 먹잇감으로 생각했던 이들 전원이 무서운 포식자임을 알게 되었다.

6

일행은 반항하는 산적들을 쓸어버리고, 투항한 자들을 포박한 뒤 거웅채를 급습해서 남은 인원들까지 처리했다. 그리고 그곳에서 인신매매의 대상으로, 혹은 산적들의 성노리개로 붙잡혀 있던 20여 명의 사람을 구출해 냈다.

그 과정은 피비린내가 진하게 풍겼다. 하지만 형운은 자신의 결정으로 벌어지는 일들을 외면하지 않고 앞장서서 나아갔다.

인근 마을에 도착해서 뒤처리를 다 한 일행은 객잔 하나를 통째로 빌려서 하룻밤 묵어가기로 했다.

조묵이 말했다.

"잘하셨습니다. 이번 일은 우리 쪽 사업체를 통해서 총단에도 보고가 올라갈 거고, 공자님의 평가에도 긍정적인 영향을 끼칠 겁니다."

각지에서 사업을 하는 별의 수호자는 평판 관리에도 꽤 신경을 쓰고 있었다. 이런 식으로 산적들을 토벌하고 피해자들을 구해준 뒤, 붙잡은 놈들을 관아에 넘기는 건 꽤나 효과가 좋은 일이다.

하지만 그 말을 듣는 형운은 굳은 표정을 짓고 있었다.

"음……."

"마음에 안 드는 일이라도 있으십니까?"

조묵이 물었다. 형운이 한숨 섞인 목소리로 말했다.

"아뇨. 그냥 좀 답답해서요."

"금방 익숙해지실 겁니다."

"……."

"외람되오나, 한 말씀 올려도 되겠습니까?"

"말씀해 주세요. 경청하지요."

"오늘 공자님께서는 맡은 책무를 잘 수행하셨습니다."

형운은 산적들을 죽여야 한다는 문제를 두고 고민했다. 하지만 결국은 스스로 앞장서서 산적 두목을 쓰러뜨리고, 붙잡혀 있던 사람들을 구해내는 결정을 내렸다.

“하지만 그것만으로는 안 됩니다. 예를 들면 공자님께서는 제가 어떻게 하실지 의향을 물었을 때, 제일 먼저 산적들의 목숨을 어떻게 하느냐를 두고 고민하셨지요?”

“네.”

“그 전에 앞서서, 그들이 공자님께서 책임져야 할 사람들의 목숨을 위협하고 있었음을 떠올리셨으면 합니다.”

“……”

“저희는 공자님을 보필하며, 위험이 생긴다면 공자님의 안위를 우선으로 생각할 겁니다. 그러나 공자님께서 저희들의 목숨을 좌우하는 결정을 내리실 수 있음을 알아주셨으면 합니다.”

그 말에 형운은 자기가 무엇을 잘못했는지 알 수 있었다.

‘자각이 부족했구나.’

그때는 산적들과 싸워 죽인다는 사실에 거부감을 느껴서 그 문제에만 골몰했다. 사실 일행의 무력이 산적들을 월등히 상회한다고 여겼기 때문에, 그리고 조묵이 형운에게 부담을 주지 않기 위해 가벼운 태도로 물었기에 그럴 수 있었다.

하지만 30여 명의 사람을 이끄는 책임자 입장에서는 그래서는 안 되었다. 일행의 안위를 가장 먼저 고려했어야 했다.

아무리 일행의 무력이 산적들보다 뛰어나다고 하더라도 실전에서는 무슨 일이 일어날지 알 수 없는 노릇 아닌가? 자신이 망설이는 사이 일행이 다치거나 죽을 수도 있었다.

형운이 말했다.

“알겠습니다. 귀중한 조언 감사합니다.”

“황송한 말씀입니다.”

조묵은 미소 지으며 고개를 숙였다.

그가 나가고 나자 형운은 바람을 쐬러 밖으로 나왔다. 그리고 먼저 나와 있던 서하령을 발견했다.

은은한 달빛 아래서 그녀는 멍하니 하늘을 올려다보고 있었다. 무슨 생각을 하고 있는지 알 수 없는 얼굴로 그러고 있는 모습이 홀릴 정도로 아름다워서 형운은 순간 말을 잊었다. 그녀의 외모에는 익숙해질 대로 익숙해졌다고 생각하는데도 때때로 평소에 보지 못한 모습을 볼 때면 넋을 잃고 바라보게 된다.

문득 서하령이 고개를 돌려 형운을 바라보았다. 그리고 장난스럽게 물었다.

“잔소리는 다 들었어?”

“…너 혹시 엿들은 거야?”

“아니. 뻔한 일이니까.”

고개를 저은 서하령이 덧붙였다.

"넌 서른 명도 넘는 사람을 책임지는 역할이지만, 일을 맡는 것 자체가 처음이잖아. 아랫사람 입장에서는 한마디 해주고 싶어지겠지."

"너는 이런 일 맡아본 적 있는 것처럼 말한다?"

"물론 없지. 하지만 할아버지나 귀혁 아저씨를 따라다니면서 이것저것 보고 들은 게 있으니까."

서하령은 별의 수호자 내에서 공식적인 소속이 없이 이 장로의 손녀일 뿐이다. 하지만 이 장로나 귀혁이 밖으로 나갈 때 그녀를 데리고 다닌 적이 있어서 여행 시에 일어나는 일들에 대한 경험이 풍부했다.

"책임자는 무슨 일이 있어도 아무렇지도 않은 척, 사람들 앞에 딱 버티고 서서 허세를 떨어줘야 하는 법이야. 개인적인 고민을 드러내면서 우왕좌왕하면 일행에 민폐고."

"음. 할 말이 없네."

백번 옳은 말이라 반발심도 들지 않는다. 형운이 쓴웃음을 지었다.

"사실 이런 일 하기 싫었어."

"그래 보여."

"그래서 차일피일 미뤄왔는데, 지금은 오히려 후회가 되네. 미리미리 좀 겪어두는 편이 좋았을걸."

서하령처럼 다른 일에라도 따라 나서서 미리미리 경험을

해뒀다면 지금 같은 상황에서도 부담이 좀 적었으리라. 갑자기 이런 일을 맡으니 정말 정신적으로 힘들다.

서하령이 말했다.

"우는소리 하기는."

"뭐 사부님 제자라서 배려를 많이 받았다는 건 알지만."

일행은 다들 유능한 사람들로 채워져 있었다. 조묵만 해도 사실 형운을 보필하겠다고 따라오기에는 급수가 높은 인물이다. 형운이 처음으로 강호에 나서는 입장이라는 것을 고려한 인선이리라.

서하령이 말했다.

"그렇게 싫으면 다른 사람들에게 맡겨두고 네 손에는 피를 안 묻히는 방법도 있어."

"너 지금 나 놀리려고 그러는 거지?"

"글쎄?"

"으휴. 뭐 됐다."

고개를 절레절레 저은 형운이 문득 생각났다는 듯 말했다.

"아, 물 마셔야지."

정원 한구석에는 돌로 만든 식수대가 있어서 물이 졸졸 흘러나오고 있었다. 형운은 그 위에 동동 떠다니는 표주박으로 물을 푸더니, 갑자기 주변을 두리번거리며 경계심 어린 표정을 지었다.

서하령이 어이없어하며 말했다.

"그냥 마시지? 허락받았잖아?"

"음. 아니, 왠지 습관적으로……."

형운이 머리를 긁적였다.

이 여행 중에도 형운은 약선만 먹고 있었다. 귀혁과 석준의 배려심이 어찌나 깊었는지 여행 기간 동안 형운에게 만들어 줘야 할 약선의 목록과 제조법을 상세히 적은 책자를 만들어 전달하고, 재료를 취급할 연단술사까지 한 명 동행시켰던 것이다.

하지만 총단에 있을 때에 비하면 놀랍도록 관대한 조치도 하나 있었으니, 바로 물을 비롯한 각종 음료만은 마음대로 마셔도 된다는 것이다. 그래서 형운이 이렇게 물을 마시려고 하는데도 아무런 방해도 들어오지 않았다.

지금까지 하루에 몇 차례나 생각만 나면 물을 마셨다. 하지만 그런데도 지금 이 순간, 표주박에 담긴 물을 마시는 형운의 태도는 경건하기 짝이 없었다.

"아……."

한 방울이라도 흘릴세라 조심조심 물을 마신 형운이 나직한 탄성을 흘렸다. 정말 목구멍을 통해 들어간 물이 몸 구석구석 스며드는 듯한 느낌이라 너무나도 좋았다.

그것을 본 서하령은 절로 나오려는 한숨을 참았다.

'사막에서 일주일간 헤맨 사람도 물을 저렇게 마시진 않을 텐데.'

그녀는 귀혁이 하는 일이라면 무엇이든 옳다고 생각한다. 하지만 형운을 보고 있노라면 동정심이 솟아나는 걸 어쩔 수가 없었다.

잠시 물을 마신 감동을 음미하던 형운이 말했다.

"해내고야 말 거야."

"뭘?"

"백야문까지만 가면… 거기까지만 가면 먹을 수 있어."

형운은 백야문에 가면 거기서 대접하는 음식은 얼마든지 먹어도 좋다고 약속을 받았다. 그래서 틈만 나면 거기서 먹을 음식을 상상하면서 이 여행을 성공적으로 이끌어 나가겠다고 결의를 다지고 있었다.

"반드시 먹고야 말 테다. 헤헤헤헤헷."

"…임무 수행의 동기가 그런 사람은 세상에서 너뿐일 거야, 아마도."

행복한 상상에 헤벌쭉 웃는 형운을 보며 서하령이 고개를 절레절레 저었다.

7

여행길은 대체로 순탄하게 이어졌다. 길을 막는 산적들을 처치하고, 위험에 처한 여행객들을 구해주기도 하면서 형운은 점점 자기가 맡은 역할에 익숙해져 갔다.

그렇게 한 달 반쯤 지났을 때, 일행은 하운국의 12개 성 중에서 최북단에 위치한 설운성(雪雲城)을 지나서 북방 설산으로 들어섰다.

"아무리 봐도 9월 날씨가 아니란 말이지? 뭐 이리 춥담?"

형운이 조금씩 눈발이 휘날리는 우중충한 하늘을 올려다보며 중얼거렸다.

진해성이라면 한창 울긋불긋한 단풍을 볼 수 있는 시기다. 그런데 설운성을 벗어나서 북방 설산까지 오니 정말 사방이 다 얼어붙어서 한겨울로밖에 보이지 않았다.

마차 안이 답답하다며 밖으로 나온 서하령이 한마디 했다.

"조금이라도 추워 보이는 표정으로 그런 말을 하지그래?"

그녀는 방한 대책을 단단히 세워서 털옷을 입고 있었다. 영수의 혈통에 4심의 내공을 가진 그녀였지만 한서불침과는 거리가 멀다. 역시 1년 내내 겨울이라는 북방 설산의 추위는 매서운지라 그녀만이 아니라 다들 단단히 껴입고 있었다.

그에 비해 형운은 누가 보면 얼어 죽고 싶어서 환장한 게 아닌가 의심할 차림새였다. 방한 대책과는 거리가 먼 차림새에 털조끼를 걸쳤을 뿐이다.

형운이 말했다.

"나야 안 춥지만 얼마나 추운지는 느껴지거든."

"혼자 한서불침이라 멀쩡한 주제에 남들 달달 떠는 거 보면서 그런 소리를 하다니 정말 재수 없어."

"아니, 딱히 되려고 된 건 아니거든?"

"더 재수 없어."

서하령은 그렇게 쏘아붙이고는 털모자를 눌러썼다. 원래도 말하는 게 가차 없었던 그녀지만 요즘은 추위에 시달려서 그런지 점점 날카로워지고 있었다.

형운은 한숨을 쉬고는 가려에게 물었다.

"누나는 괜찮아요?"

아무래도 장기간의 여행인지라 가려도 영성 호위대원의 복장이 아니라 일반적인 여무사의 복장을 하고 따라오고 있었다. 그녀도 털옷을 입기는 했지만 다른 사람들에 비해 얇게 입은 편이라 좀 추워 보인다.

가려가 말했다.

"괜찮습니다. 추위에는 익숙한 편이라."

"더 추워질 것 같은데 무리하지 말고 껴입는 게……."

"괜찮습니다. 더 입으면 움직임이 굼떠져서 유사시에 대응하기 어려워집니다."

쌀쌀맞게 말한 가려는, 문득 잠시 망설이다가 덧붙였다.

"걱정해 주시는 마음은 감사합니다. 하지만 정말 괜찮습니다."

"……."

순간 형운의 가슴속에서 울컥하고 뭔가가 치밀어 올라왔다.

'와, 가려 누나가 나한테 이런 말을 해주다니!'

무척 사소한 일이지만 굉장히 기쁘다.

어느 때부터인가, 가려는 총단에 있을 때도 형운 앞에 나타날 때는 복면을 쓰지 않고 맨얼굴을 드러냈고 조금씩 이런저런 이야기를 하기 시작했다. 형운은 그녀의 그런 변화가 반가웠다.

형운이 조묵에게 물었다.

"백야문까지는 얼마나 걸릴까요?"

"빠르면 내일, 아니면 사나흘 정도 걸릴 수 있답니다."

"…그렇게나요?"

형운이 당황해서 물었다. 설운성의 영역을 벗어난 지 이틀째다. 슬슬 산세가 험해지기 시작해서 금방 도착하겠느니 했는데 아직도 그만큼이나 남았단 말인가?

"저도 이쪽에 오는 건 처음이라서요. 길잡이도 일단 요 앞의 마을까지만 안내한다고 하니……."

일행은 인근 마을에서 길잡이를 하나 고용해서 안내를 맡졌다. 하지만 그가 백야문까지 안내를 해주는 건 아니었다. 백야문까지 가는 길이 생각보다 멀어서 그 전의 마을까지만 안내하고, 또 거기서 새 길잡이를 구해야 했다.

조묵이 말했다.

"날씨를 봐야 안다는군요. 눈이 본격적으로 내리기 시작하면 오도 가도 못하고 발이 묶인다고 하니까요."

"백야문은 뭐 이런 오지에 자리를 잡았대요?"

"신비 문파라는 소리를 듣는 곳이 다 그렇지요."

백야문은 기본적으로 강호 활동이 별로 없는 문파였다. 종종 문도들이 강호행을 하면서 이름을 알리고, 후인으로 키울 인재를 발견해서 데려가기는 하지만 설산검후 이자령이 강호에 위명을 떨치기 이전에는 그리 알려진 바가 없었다. 상식적으로 생각하면 과연 이런 곳에서 어떻게 문파를 유지할까 싶지만, 강호에는 이런 곳이 한둘이 아니다.

"무인들이 사람 발길 닿지 않는 곳에 틀어박히는 건 흔한 일이니까요. 그런 걸 좋아하는 무인들이 참 많죠."

"그러고 보니 그런 것 같긴 하네요."

형운이 들은 강호의 이야기 속에도 그런 무인이 많았다. 산속에서 스승과 제자가 죽자고 무공을 닦는 이야기들이 얼마나 많던가?

그때 앞서 가던 길잡이가 혀를 차며 말했다.

"아무래도 내일 도착하시진 못하겠군요."

"음?"

형운이 의아해할 때 좀 굵은 눈송이 하나가 눈앞으로 날아들었다.

쉭!

형운은 거의 반사적으로 날아드는 눈송이들을 잡아챘다. 그걸 본 조묵의 눈이 휘둥그레졌다.

"허어, 공자님은 눈송이도 잡으십니까?"

"아, 반사적으로 그만."

놀랍게도 형운은 눈송이의 형태가 뭉개지지 않도록 손가락 위에 얹도록 잡아냈다. 어쨌든 형운은 길잡이가 무슨 뜻으로 그런 말을 했는지 알아들었다.

하늘하늘 내리던 눈발이 본격적으로 거세어지고 있었다.

8

눈 내리는 설산의 풍경은 아름답다.

사방 천지가 하얗게 얼어붙어 있는 가운데, 눈도 뜨기 어려울 정도로 굵은 눈송이가 펄펄 내리는 것은 인세의 것이 아닌 것처럼 넋을 빼놓는 광경이다. 하지만 동시에 그것은 보는 이의 목숨을 걱정케 하는 치명적인 위협이었다.

그 한가운데 한 소년이 서 있었다.

"말로는 들었지만 정말 농담 같은 풍경이로다."

그렇게 말하는 소년의 모습은 이질적이었다.

나이는 열예닐곱 살 정도일까? 이제 슬슬 소년이 아니라 청년이라 불리기 시작할 연령인데 길고 검은 머리칼에 옥을 다듬어놓은 듯한 귀공자의 풍모다.

그런데 그 차림새가 설산과 전혀 어울리지 않았다. 새카만 장포를 걸치고 있는데 아무리 봐도 방한 대책을 전혀 세우지 않은 모습이다. 이 설산에서, 그것도 이토록 눈이 쏟아지는데 이런 모습이라니?

더 놀라운 것은 쏟아지는 눈송이들이 소년에게 범접하지 못한다는 것이다.

마치 소년의 주변에 보이지 않는 벽이 있는 것 같았다. 사람이 서 있다가는 금세 눈사람이 되고 말 기세로 눈이 쏟아지는데 소년의 몸에는 전혀 눈이 묻지 않았다.

홀린 듯이 눈보라가 휘날리는 풍경을 보던 소년이 문득 허공에다 대고 물었다.

"빙령(氷靈)의 위치는 아직 못 찾았느냐?"

"죄송합니다."

놀랍게도 허공에서 대답이 들려왔다.

음침한 목소리가 울리며, 마치 허공의 일부를 도려낸 듯이 균열이 발생했다. 그리고 그 속에서 목소리의 주인이 모습을 드러냈다.

온통 검은 옷으로 몸을 감싸고, 검은 복면으로 얼굴을 가린 이였다. 범상치 않은 기운을 풍기는 그가 소년의 등 뒤에 부복하며 사죄했다.

"놈들이 워낙 공들여서 감추어두었는지라… 좀 더 시간이 들 것 같습니다."

"책하는 것은 아니니 사죄할 필요는 없느니라. 어차피 시간이 들 것을 예상하고 있었던 일이다. 이토록 아름다운 풍경이 내 지루함을 달래주니 서두르지 않아도 될 것이다."

소년은 남자를 돌아보지도 않고 풍경에만 눈길을 두고 있었다. 그토록 오만하게 상대를 하대하는 태도가 너무나도 자연스러웠다.

"어차피 주역들이 모이자면 시간이 걸릴 터. 너무 일찍 일을 터뜨려도 곤란하지."

"외람되오나 한 말씀 올려도 되겠습니까?"

"해보거라."

"부디 뜻을 재고해 주십시오. 직접 전장에 나서시는 건 위험이 너무 큽니다."

"그런 말일 줄 알았느니라."

소년이 피식 웃었다.

"그러나 내 뜻에는 변함이 없도다. 너희들을 불구덩이에 던져 놓고 나만 뒷짐 지고 있을 수 있겠느냐? 그리고 너희가 있으니 내가 감수할 위험이 그리 크지 않을 것이다."

"……."

"아니면 너는 내가 그 정도도 감당하지 못하리라 여기느냐?"

"소인이 어찌 교주님의 신위를 의심하겠나이까? 그리 여기셨다면 부디 용서하십시오."

"되었다. 나도 사람의 몸으로 태어났으니 너희들의 걱정을 사는 것도 어쩔 수 없는 일이지. 하지만 성운의 기재라고 해도 애송이에 불과한 녀석들을 상대하겠다는데 그렇게 걱정하면 조금은 자존심이 상하는구나."

"용서하시옵소서!"

남자가 눈으로 뒤덮인 땅에 머리를 박았다. 어찌나 힘을 실었는지 쿵! 하는 소리와 함께 주변의 눈이 튀어 올랐다.

소년이 말했다.

"되었다고 하지 않았느냐? 그쯤 해두고 계속 일 보거라. 궁금해지면 부를 터이니."

"알겠습니다."

그리 말한 남자는 고개를 들지 않은 채로 뒷걸음질 쳤다. 그러더니 휘날리는 눈발 속에서 녹아들듯이 모습을 감추었다.

홀로 남은 소년이 중얼거렸다.

"흐음. 정말 근사한 광경이로다. 신녀에게도 보여주면 좋았을 것을."

『성운을 먹는 자』 5권에 계속…